異世界で透明人間
俺が最高の騎士になって君を守る！
木田かたつむり
Kita Katatsumuri

ザック・ウェバー
ルッツの兄で、彼の専属騎士を務める。無口……。
ジャック・スノウ
人気ファンタジーギャルゲーム『ガールズ&ハンター』の嫌われキャラに転生した主人公。透明化スキルを駆使して、最高の騎士になるべく奮闘する。
セシリア
ガリア王国の第一王女。とある事件をきっかけにジャックの恋人になる。
主な登場人物
CHARACTER

ラルフ・ガードナー
ジャックの専属騎士。運が悪く「なんで俺ばっかり!?」が口癖。猫好き。
クレイ
『ガールズ&ハンター』における主人公。主人公補正のため、何かと優遇されている。
ルッツ・ウェバー
ジャックにとって学園での唯一の友人。美形だが、ファッションセンスがない。
フィリス
ヴィクトリア帝国の皇女。「金髪ドリル」の二つ名を持つ。決闘好き。

第１話　史上最悪の嫌われ者に転生⁉

とあることにショックを受けて倒れた俺は、突然、前世の記憶を取り戻した。しばらく何が起きたのか理解できずに困惑していたが、ようやく冷静さを取り戻してベッドから起き上がる。

そして鏡の前に立ち、自分の顔を覗《のぞ》き込む。

「顔が悪くないのは、せめてもの救いだよな」

この男が誰か、俺は知っている。

人気ファンタジーギャルゲーム『ガールズ＆ハンター』（通称、ガルハン）の悪役キャラ、ジャック・スノウだ。

このゲームの大まかな内容は、平民の主人公が騎士学校に入り、苦労しながらモンスターを狩り、ヒロインの悩みを解決し、様々なイベントをクリアして、ハーレムを作るといったもの。

その主人公を妨害したりヒロインに絡んだりする最低な男が俺だ。

学園の嫌われ者。取り巻きと共に主人公にやられる噛ませ犬。権力を振りかざす暴君で、たいして強くもないのに努力をしない雑魚《ざこ》キャラ。人から嫌われるヘイト要素を挙げればきりがない。

なお最後は、処刑されてジ・エンドの悲惨な末路を迎えることになる。

そんな嫌われ者に俺は転生していたらしい。ちょっとややこしいのは、転生したものの、ずっと記憶を失っていたこと。それがついさっき戻った。

確かにジャック・スノウは、ゲームでは雑魚で嫌われ者だったが、アニメ化されると、印象が変わった。実は俺は、アニメを見てこのキャラが好きになったのだ。

その理由は——。

1．そもそも主人公の方がクズ
2．ヒロインの性格が最悪
3．ジャックはむしろヒロインの被害者
4．正面から戦い、堂々と負けるという、ジャックの潔《いさぎよ》さ
5．商人に騙《だま》され続ける不幸な境遇

アニメ化で印象が変化することはあるが、こんなに違ったのはガルハンくらいだろう。

そして、転生してみてさらにわかったのは、ジャックは本当は努力家だということ。ゲームをプレイしていたときの印象とは大違いだ。

さっそく、この世界におけるジャックのステータスを確認しておこう。

この剣と魔法の世界において、「ジョブ」は重要だ。なお、ジャックのジョブは「モノマネ師」である。

＝＝＝＝＝＝＝＝＝＝＝＝＝＝＝＝＝＝＝＝＝＝＝＝＝＝＝＝＝＝

【名前】　ジャック・スノウ

【ジョブ】　モノマネ師（ランク1）

【スキル】　モノマネ、無詠唱《むえいしょう》、アイテムボックス、上級鑑定

【精霊《せいれい》の加護《かご》】　なし

＝＝＝＝＝＝＝＝＝＝＝＝＝＝＝＝＝＝＝＝＝＝＝＝＝＝＝＝＝＝

「モノマネ」は、相手が自分のランク以下であれば、その「スキル」「精霊の加護」「武器防具の特殊効果」まで使えるという能力だ。

「無詠唱」は、詠唱をしなくてもスキルや魔法を発動できるというもの。「アイテムボックス」は、ランク1であれば、アイテムを百種類、それぞれ百個収納できる便利スキル。「上級鑑定」は、この世界に存在するすべてのアイテムを鑑定できる。

モノマネ師はこんな風に便利なスキルが多いので、戦闘能力は微妙だが優秀なジョブだ。

しかし取得するのは簡単ではない。

ジョブランク7以上の人の動きを正確にトレースしなければいけないのだ。ちなみに、ジョブランクは1から10まであり、この世界の住人の平均は4。つまり7はかなり高く、トレースは簡単ではない。

それにもかかわらず、努力家なジャックは、ランク7のブラックナイトの父親の剣さばきをマネし続け、モノマネ師を取得してしまった。

だがそれは、彼にとって本意ではなかった。本当は、父のようなナイト職に就きたかったのである。ガルハンには「十二歳になったとき、取得可能なジョブの中からレア度の一番高いジョブに自動的になってしまう」という設定があり、モノマネ師に勝手になってしまったのだ。

とはいえ、自動取得を防ぐ方法はあり、抜け目ない兄と弟はそれをやっていたのでまだジョブは取得していない。前世の記憶が戻る前の俺はそんなことさえ知らなかった。なお、俺がモノマネ師を取得したということは、家内の誰にも知られていない。


鏡を見ていたら部屋の扉がノックされた。続いて男の声が聞こえてくる。

「ジャック様、お目覚めになりましたか？」

この声は、執事長の息子ロイド。ジャック専属の執事である。

こいつが問題だ。いや、そもそもジャックの周囲には問題のある人物が多いのだが。

ジャックこと俺には、双子の弟アンリと腹違いの兄アレンがいる。俺の実母エリーザはなぜか俺を憎み、弟を溺愛《できあい》。そしてこのロイドを買収して、俺をいろいろと妨害していた。

ちなみに俺が、兄からも弟からも母からも執事からも裏切られたと知って、ショックで倒れたのがついさっきのこと。おかげで前世の記憶が戻ったというわけだ。まあ、信頼していたすべての人から裏切られたのだから倒れるのも当然だろうな。

ともかくだ。騎士学校の教本を隠して、俺の成長を妨害してきたこの男、ロイドをなんとかしないとな。

「入れ、ロイド」

「はっ、失礼いたします」

ロイドが、さわやかな笑みを浮かべて俺に近づく。

「ジャック様、客間に商人が来ております。今日は『精霊の種』を選んでいただく日ですから、ご用意を。アレン様もお待ちでございます」

「精霊の種」とは、「精霊の加護」という特殊能力を与えてくれる貴重な種だ。

貴族は長男が家督を継ぐことになっている。アレンは兄とはいえ、俺の一月《ひとつき》前に生まれた庶子《しょし》だから、俺のあとに精霊の種を選ばなければならない。

弟の俺に順番を譲らなければならず不満なのは理解できる。が、悪意を持って俺をハメてくるのだから隙を見せてはいけない。

「ロイド、この家の長男は誰だ？」

「……ジャック様でございます」

「だったら、アレンなど待たせておけば良い」

「はっ、失礼します」

俺の言い方もぶしつけだったが、ロイドが不満ありありなのは彼の態度からわかった。

まあ、ともかく今は考える必要がある。

ジャックがガルハンの原作通りに身を滅ぼしていくという最悪の事態を避けるために、やるべきことがたくさんあるのだ。

季節はもうすぐ春を迎える。主人公が現れたり、いろいろ事が動き出す学園生活が始まるまであと一ヶ月。時間はない。

貴族の嫡子だから金はあるが、入学準備は自分でしなきゃダメだ。本来は、執事のロイドがやってくれるはずなのだが、逆に邪魔をしてくるのだから痛い。

ゲームの設定では、学園に執事を連れて行けることになっているが、ロイドを遠ざけないとどうにもならない。できれば彼に代わる執事が欲しいが、その執事を選ぶのは母親の役目。母親もなんとかしないとダメだよな。

おっとその前に、今精霊の種を売りに来ている商人にも対処しておかなくては。この商人がロイドの手先であることを俺は知っている。

なお学園に入れば、ダンジョンのモンスターと戦わなければならないし、ガルハンの主人公やヒロインたちと対決することにもなるだろう。

モンスターにやられて死ぬのも、ガルハンの主人公たちに負けるのも嫌だ。

戦うための力が欲しい。

原作では、そうしていなかったが、さっきも考えた通り、モノマネ師に次ぐ、セカンドジョブを手に入れておきたい。

はあ、入学までにやることが多いな。

これまでジャックには力がなかった。でも今は俺がいる。

ジャックの願いは俺の願いだ。彼の希望は、最高の騎士《ナイト》になること。

俺がその望み、叶えてやるよ。

心の中でそう誓いを立て、俺は「反撃」の準備を開始する。

第2話　反撃

スノウ子爵家はナイトの家系だ。ジャックはナイトとして父親を尊敬し、憧れていた。しかし父親は、裏で権力と暴力を振りかざし悪事を重ねていた。

母親は優しかった。でも、裏ではジャックの悪口を広め疎《うと》んじていた。双子の弟のアンリは可愛かった。しかし陰ではジャックを馬鹿にし、見下していた。兄のアレンは優しかった。それは、ジャックのすべてを奪い取るためだった。

ゲームの中では、それらのことを知ってもジャックは復讐しようとしなかった。裏切られたことを認めたくなかったのだ。

ジャックは優しかったので家族を傷つけられなかった。救いを求めなかったのは、誰も巻き込みたくなかったため。それで、目を逸らすために学園で悪役を演じたり、ヒロインたちに絡んだりしていた。

なんて馬鹿で優しい男なんだ！　自分のことなのにかわいそうで涙が出る。

ジャックは家族に騙されたのではない。わかった上で彼らの仕掛ける罠にはまったのだ。この馬鹿野郎が！

家族を傷つけるなんて高潔なナイトに相応《ふさわ》しくない行いかもしれない。でも今は、罠を打ち砕く知恵と力が必要なんだよ！

今俺は自室を出て、シャンデリアが輝き、高級な黒檀《こくたん》のテーブルが置かれた豪華な部屋に来ていた。その部屋には、母、兄、弟、ロイドがそろっている。

子爵家御用達《ごようたし》の商人は控えの間で待っていた。精霊の種の商談が間もなく始まるのだ。

さてと、反撃を始めるか。

「まずは俺からだな。控えの間で一人で選ぶ。誰も通すな」

「ジャック。何をいきなり。わがままを言わないで」

母親が慌てて引き留めてきた。

彼女たちは連携して俺を騙し、使えない精霊の種を食べさせる気なのだ。

その証拠にアレンも抗議の声を上げた。

「ジャック。みんなで仲良く選べばいいだろう。兄弟なのだから」

「アレン。父のいない今、この家の当主は誰だ？」

「ジャックだ……」

俺は嫡子の強権を使ってアレンを黙らせる。そして一人控室に踏み込み、鍵を閉めた。

なおこの部屋には秘密が漏れないように、防音処理が施されている。控室といっても豪華で照明は明るく、柔らかなソファーと高級感ある机まで置いてあった。

「これは、ジャック様、いかがされました？」

ソファーに身を沈めていたデブの商人が俺を見て立ち上がり、膝を折って挨拶してくる。こいつの名前はゴードン。アニメで俺を騙しまくった商人だ。

「一人で選びたくてな。全部出してくれ」

「はい。ただ今、用意をいたします」

俺が対面のソファーに座ると、ゴードンは精霊の種を机の上に並べた。

数は五つ。ヒマワリの種や柿の種の形をしていた。

ゴードンは、俺が「無詠唱」で「上級鑑定」を使えるのを知らない。

「どの精霊の種がよいのだ？」

「このサンダーランスの種がおすすめでございます。サンダーランスは強力で範囲も広く、敵を麻《ま》痺《ひ》させる追加効果もあります。ジャック様にはお似合いかと」

ナイトの家系であるため、ジャックの初期ＭＰ《マジックポイント》は３０しかない。ゴードンがすすめてきたサンダーランスはＭＰを２０使う。ギリギリ今の俺にも使える。

この世界の設定では、一度ＭＰを枯渇《こかつ》させれば初期値から３６０上昇する。それを利用すると、ナイト職であってもサンダーランスはかなり有用な能力となるわけだ。

しかし今ゴードンが手にしているのは、ＭＰを１００も使うフルフレアの種。

実際に原作では、ジャックはフルフレアを精霊の加護としていたが、ＭＰ３０しかないので一度も発動させることはなかった。

ゴードンがうやうやしく告げる。

「お父上もサンダーランスでご活躍されたそうで、子爵家を継がれるジャック様にはピッタリの精霊の種でございます」

こいつはジャックが父親に憧れているのを知っているので、サンダーランスと偽っているのだろう。

見てろ。その得意げな顔、蒼白《そうはく》にしてやるよ。

「なるほど。では、アレンにくれてやろう。俺がその種を譲れば喜ぶだろうな。優しい兄上の喜ぶ顔をぜひ見たいものだ」

「いや、それは……」

知っていたが、やっぱりこいつはクロだな。彼は言い淀《よど》んでは額に汗を流し、目を泳がせる。

「そうだ、ゴードン。お前が兄上に直接手渡してくれ。俺が一緒に見届けてやろう」

「そんな、私ごとき商人風情が……、畏《おそ》れ多いことでございます」

「なるほど。俺にフルフレアの種は食べさせても、兄上には食べさせられないのだな」

「な、何をおっしゃいます。これは確かにサンダーランスの種でございます！」

「俺は何の精霊の種かがわかるのだ。机の上の他の種は、サンダーランス、身体強化、ライトニング、そして激レアの精霊の種、透明人間だろ？」

俺が一つひとつ指差しながら精霊の種を「鑑定」していくと、ゴードンの顔が真っ青になった。商人が、上の身分である貴族を騙したのだ。首を刎《は》ねられても文句は言えない。

俺は立ち上がると、扉を開けようとして歩き出す。

「さて、ゴードン。その首、よく洗っておけよ」

「お、お待ちください。ジャック様。これは確かに……」

「まだ言うつもりか？　俺はロイドが裏切っているのも知っている。その後ろに母と兄上がいるのもな。その上で、もう一度だけ聞いてやる。お前の持っている種はなんだ？」

「……フルフレアの種でございます。申し訳ございません」

床に頭を擦《こす》り付け、土下座して許しを請うゴードン。

「俺の命令を聞けば許してやろう。フルフレアとライトニングを二人に食わせろ。簡単だろ？」

この二つは強力な魔法だが、名門の魔法使いの家系でもなければ発動は不可能。兄上たちには自分の仕掛けた罠に自分でハマってもらおう。自業自得だ。

最後に俺は、ゴードンに向かって冷たく告げる。

「ああ、言っておくが、『はい』以外の答えは斬首《ざんしゅ》だ」

「は、はい……」

こいつは額を床に擦り付けているが、実はそれほど怯えているわけでもない。この場さえしのげれば、残りの精霊の種を売り払って他国に消えるつもりなのだ。

俺は、残りの透明人間と身体強化とサンダーランスの種をアイテムボックスに入れ、担保だと告げた。ゴードンは、それでも余裕らしい。表情を崩すことなく「構いません」と答える。

ゴードンと共に控えの間を出て、客間に向かった。

部屋に入った俺は、さっそく母に報告する。もちろん真実は伝えない。

「母上、私は父上と同じサンダーランスの魔法を選びましたよ」

「そうなのですか。ジャック、おめでとう」

母親は醜悪《しゅうあく》な笑みを顔に張り付かせている。こんな演技で俺を騙せると思っているのだろうか。

ゴードンが精霊の種を机の上に二つ置くと、母が訝《いぶか》しそうに言う。

「さっ、アンリの番です。あら、二つだけなの？　困ったわね」

「申し訳ございません。こちらがサンダーランスの種で、こちらがレアな精霊の種の、透明人間の種でございます」

ゴードンは俺の指示通りに嘘をつく。

「アンリは父上とジャックと同じサンダーランスにしなさい」

「はい。母上。僕は兄上と一緒で嬉しいです」

アレンとアンリはゴードンの言葉を疑ってないようだ。二人とも同時に精霊の種を口に入れ、満足そうな笑みを浮かべていた。

精霊の種は、食べてから一週間後に教会の洗礼を受けると、力を解放すると言われている。

実際は、教会で詠唱の呪文を教えてもらうだけなので、元から知っているか、俺のように無詠唱スキルがあればすぐ使える。

一週間後、教会で二人の顔が引きつるのを楽しみにしておくよ。

「ご苦労でした。ゴードン、これが代金です」

ロイドが金貨の入った袋を机の上に置く。

「実はジャック様に見せたいものがございまして、他の皆様にはご退席お願いしたいのですが……」

ゴードンはすぐには受け取らず、皆に退出を促した。これは俺が命令していたことである。

「ふむ、なんだろう。私はゴードンの話を聞きます。母上、失礼」

自然に答える俺。奴らは疑うような様子は見せない。

「そう、またあとで話しましょう。アンリ行くわよ」

「ジャック、俺も失礼するよ」

含み笑いを浮かべて四人は退出していった。

この程度の策にはまってしまうとは……。まあ、アニメでも、ジャックは罠に引っかかったフリをしていただけだしな。

ゴードンが恐る恐る俺の顔色をうかがってくる。

「こ、これでよろしいでしょうか？」

俺は、ロイドが置いたお金の袋をアイテムボックスに入れると、部屋の隅のヒモを引っ張った。

突如として、バタバタと足音がこちらに向かってくる。

「ジャック様、いかがされました？」

すっ飛んできたのは、衛兵長と部下の衛兵五人。子爵家には、このような仕掛けが各部屋にある。

俺は冷たく言い放つ。

「この商人が私に無礼を働いた。貴族への侮辱罪により、こいつを牢屋に二週間ぶち込んでおけ」

急な展開にわなわなと震え出すゴードン。

「お、お許しくださったのではなかったのですか、ジャック様」

「嘘などついていない。二週間で許してやるのだ。ただ、兄と弟がお前を許すかまでは俺の知るところではないがな。なお保釈金はお前の全財産とする。連れていけ」

保釈金を払えば全財産を失う。しかし払わなければ、二週間を待つことなく怒り狂ったアレンとアンリたちに殺されるだろう。俺が直接手を下すまでもないし、ゴードンが破産して逃げても別に構わない。

「そ、そんな……、お、お許しを！」

衛兵たちに取り押さえられ、ゴードンは絶叫とともに扉の向こうに消えていった。

これで、ゴードンを片付けたわけだが、同時にロイドの対処もできた。この商談を取り仕切っていたロイドは、騒動の責任を取らされ処刑されてもおかしくない。

ロイドは切れ者だ。その程度はすぐに理解して、何らかの行動を起こすはずだ。

人を呪わば穴二つと言うが、俺を呪ったことで、ゴードン、ロイド、母、兄、弟、五つも穴ができたな。これでしばらくは大丈夫だろう。

問題は、二週間後に領地から帰ってくる俺の父親だ。

父親が帰ってくれれば、その威《い》を借りて母親が増長する。その前に、まずは母を黙らせておきたい。

騎士学校に行くまでには、実家の問題はある程度、片付けておきたいからな。

ふと自分の手を見てみる。

両手が剣ダコでゴツゴツだった。俺の記憶が戻る前、ジャックは現実から逃《のが》れるように剣を振り続けていたのだ。

ジャック、お前の絶望を俺が希望に変えてやるよ！

俺は固く拳を握りしめた。

第3話　敵中孤立

自室に戻った俺は、さっそく精霊の種を食べることにした。

選んだのは、透明人間の種。

柿の種の形をしていて、なかなか美味かった。

透明化能力を選んだのは、この種が激レアということもあるけれど、父親から俺の母親に送られた結納《ゆいのう》の品「風雷《ふうらい》の魔法書」を奪うためだ。その本は母親が正室であることの証明、そして権力の証《あかし》でもある。これを奪えば、母親に致命的な打撃を与えることができる。

さっそく行動に移ろうと思う。狙いは夕食時だ。

貴族の夕食は食堂に集まり、地位の低い者が高い者を出迎えるという決まりがある。

最上階の五階に住んでいるのは、父親と正室の母親。夕食時には、お付きの侍女と執事も食堂に集合するので、母親の部屋には、留守を守る侍女二人だけしかいない。

仮に、風雷の魔法書がなくなったことがすぐにバレても、侍女が人を呼ぶまでには時間がかかるだろう。やるなら今しかないな。

ちなみに透明人間には、消費ＭＰ５で約一分間なれる。ＭＰ３０の今の俺なら六分間。五分もあれば、母親の部屋から風雷の魔法書を奪って自室に戻るくらい余裕のはずだ。

俺は鏡の前に立って、透明人間の能力を発動してみた。

俺の体が鏡から消えていく。鏡の正面に立っているのに自分の姿が見えないなんて変な感じだな。動いても透明人間のままだし、飛び跳ねても物音一つ聞こえない。

マジ便利だ。透明になるだけでなく、無臭、無音、気配すらなくなる。

その上、透明化中は魔法を無効化させることもできる。怖いのは物理攻撃だけ。

鏡の前で透明人間を解除すると、急に俺が現れた。ともかくこれで能力の確認は終わりだ。

俺はそっと自分の部屋を出る。人目につかないように警戒しながら、五階に続く階段に向かった。四人の衛兵が守っている。

さっそく俺は、透明人間になって衛兵の前に出た。

全く反応がないな。衛兵の顔の前で手をひらひらさせてみたが、彼らは暇そうに欠伸《あくび》をしただけ。遊んでばかりもいられない。俺は堂々と衛兵を突破して、階段を上り五階に足を踏み入れる。

五階の廊下には、高価な壺や絵がいくつも飾られていた。母親の部屋の前に移動して、ドアの前に立つ。さすがにドアには鍵がかかっているな。まあそれも想定内だ。

俺はドアをノックして、近くの壺の前に待機した。若い侍女がドアを開け、誰もいない廊下を不思議そうに見ている。そっと壺を倒すと、侍女は慌てて壺に駆け寄った。その隙に母親の部屋に侵入する。

部屋の中にはもう一人侍女がいて、机に座って紅茶を飲んでいた。

侍女の後ろの本棚に風雷の魔導書がある。この部屋には何度も来ているから、保管場所は覚えているんだ。すぐに本棚に駆け寄って風雷の魔法書を取り出すと、アイテムボックスに放り込む。これであとは帰るだけだな。

俺は侍女に近づき、わざとカップを倒した。服に紅茶がかかって慌てる侍女を横目に、悠々《ゆうゆう》とドアを開けて外に出る。

廊下に出ていた侍女ともすれ違ったが、気付いた様子はない。本当に楽勝だった。兄のアレンが透明人間の種を欲しがったのも納得だな。

とはいえ、部屋に戻るまで油断は禁物だ。早足で歩きながら階段を下りて衛兵の横を通り過ぎる。そのまま自室に帰ると、透明人間を解除した。手に汗をかいていたことに気付く。自分でもわからない内に緊張していたんだな。

気持ちを落ち着かせるため、俺は紅茶を入れた。ソファーに座って外の景色を眺めながらゆっくりと紅茶を飲む。飲み終わった頃にドアがノックされて、侍女が部屋に入ってきた。

「ジャック様、お食事の用意ができました。奥様が食堂でお待ちでございます」

「わかった。すぐ行く。ところでロイドはどうした？　姿が見えないのだが、先に食堂に行っているのか？」

ロイドの動向が気になっていたので、念のため尋ねておく。侍女は首を傾《かし》げながら返答した。

「いえ……、ロイドさんは食堂にいませんでした」

「そうか。まあいい、案内してくれ」

「はい、かしこまりました」

食堂に行くと、母、弟、兄がいた。侍女が言った通りロイドはいない。ちなみに母は、風雷の魔法書が奪われたことにはまだ気が付いていないらしい。作戦成功だな。

食堂の長テーブルには、贅沢の限りを尽くした料理が並べられていた。俺は母と弟の間に座る。

正直、母たちと食べても美味しくないんだよな。母が俺に嘘の笑顔を向けてくるのが腹が立つ。なぜ裏で俺の妨害をしているのか、問い詰めたいぜ。

そんなことを思いながら、こっそりため息をつく俺。食事が始まって間もなくすると、母の部屋にいた侍女が飛び込んできた。顔を真っ青にしている。ようやく風雷の魔法書がなくなったことに気付いたらしい。

侍女が母の耳元に小声でささやくと、母は手に持っていたナイフとフォークを落とし、慌てて食堂から飛び出して行った。そして戻ってくると、母はすぐさま侍女に命令した。侍女がそっと食堂を出て行く。

母の考えていることは大体わかる。彼女はすでに俺を疑っており、俺をここに引き留めて、俺の部屋を探す気なのだ。実際に、食堂から出ないように監視されていた。

しばらくして部屋に戻ってみると、探し回った形跡があった。見つからないのは当たり前だ。アイテムボックスに入れてあるのだから。

とはいえ、これで俺の無実を証明してくれたようなものだ。もう安心だな。

そう思っていた時期が俺にもありました。

とはいえ俺も警戒しており、念のためベッドの布団をクッションで膨らませて、別の場所で寝るようにしていた。

部屋のドアが静かに開く。俺は気配を察知して目を覚ました。

まさかドアから堂々と侵入してくるとは思わなかったぜ。暗闇の中で息を潜《ひそ》めて気配を探る。敵は六人いるようだ。

六人は無言のまま俺のベッドに近づき、刃物を引き抜いた。

全員、短剣を持ち、黒い戦闘服を着て覆面をしているな。僅《わず》かな月の光に照らされて短剣が凶悪に煌《きら》めく。母の差し金だろうが、実の息子に暗殺者をプレゼントしてくるなんてどうかしてるぜ。

俺の手元には、訓練用に刃をつぶした鉄剣と、ナイフが五本ある。

気配を悟られるなんて暗殺者としては失格だぜ。叩きのめしてやるかな。

暗殺者たちはベッドを包囲すると、一斉に短剣を布団に突き刺した。しかしすぐに布団を撥《は》ね上げ、声を上げる。

「いないぞ。探せ」

「はっ！」

俺は、透明人間の能力を発動させる。

透明人間になれば姿も見えないし、剣を引き抜く音も聞こえない。

さて、間抜けな暗殺者に、透明人間の怖さを教えてやろう。

俺は訓練用の鉄剣を引き抜いて、近くの暗殺者の脇腹に叩き付けた。

「ぐはあああああっっ」

暗殺者の脇腹に鉄剣がめり込み、骨が折れる感触が伝わる。

まずは一人目。

急に悲鳴を上げて崩れ落ちたそいつに、暗殺者の一人が駆け寄る。

それを無視して、別の暗殺者の鳩尾《みぞおち》に突きを叩き込む。悶絶して膝を突くと、さらに顔を蹴り飛ばしてやった。これで二人目。

続けて、次の獲物を狙う俺。一気に叩いて混乱させてやるぜ。

恐怖に駆られた暗殺者が喚《わめ》いた。

「な、なにかいるぞ。ぎゃああああああっっ」

絶叫する彼をすり抜けざまに蹴り上げ、さらに剣を振り下ろす。鈍い音がして骨が砕ける感触が俺の手に伝わる。悲鳴を上げ、そいつは沈黙した。

目の前で仲間が倒されたのを見て、パニックに陥った奴が無茶苦茶に短剣を振り回す。そいつの足を払って転がした。そのまま鳩尾に剣を叩き込んで気絶させる。

「うわあああっ」

振り向くと、二人の暗殺者が逃げようとしていた。

懐からナイフを取り出して足に向かって投げつける。二本のナイフが別々の暗殺者の足を撃ち抜く。足をやられてもがく二人の暗殺者を、俺は冷ややかに見下ろしながら気絶させた。

これで殲滅《せんめつ》完了だ。透明人間は最強だぜ。

さてと、間抜けな暗殺者の顔を拝むとしよう。

暗殺者を縛り覆面をはぎ取ると、全然知らない顔だった。起こして話を聞こうとしたら、舌を噛んで自殺しようとしたので、慌てて再び気絶させる。

死ぬ覚悟ができているとなるとプロの暗殺者だろうか。この手の奴は普通の方法だと絶対に口を割らないからな。なら、こちらもプロに任せよう。

俺は廊下に出て衛兵長を呼んだ。

呼んでみたものの、彼も母親に加担している可能性がある。念のため、彼の反応も確かめておこう。

「ジャック様、どうされました？」

「あいつらが誰か俺に教えてくれないか？」

そう言って俺は衛兵長を部屋に招き入れた。

血を流して縛られている暗殺者を見て衛兵長が驚いている。この反応を見る限り、衛兵長は無関係のようだな。安心したぜ。

「部屋のドアから暗殺者が入ってきたんだが……」

「ドアから？　ジャック様は私を疑っているんですか？　違います。本当です」

「ああ、そうだろうな。一応、確認しただけだ。信頼できる口の堅い衛兵を集めて、こいつらを連れていけ」

「はっ！　ご命令に従います」

衛兵長が衛兵を呼び集め、暗殺者たちを肩に担いで部屋の外に出て行った。秘密にしろと言わなくても衛兵長は理解したようだ。有能で信頼できる衛兵長でよかったよ。

俺は部屋を片付けて、警戒しながら眠りについたのだった。

◆◇◆

次の日、コンコンと部屋の扉がノックされ、俺は目を覚ました。

部屋に来たのは衛兵長である。

「ジャック様、よろしいでしょうか」

「入れ、暗殺者が口を割ったか？」

衛兵長は敬礼すると、続けて申し訳なさそうに告げた。

「申し訳ありません。牢内で何者かに殺されたようです。私の責任です」

「こ、殺されただと!?　……そ、そうか、責めるつもりはない。ただし警戒は厳重にしておけ」

おそらく母たちの犯行なのだろうが、容赦ないな。ついでにロイドの動向を尋ねておく。

「ロイドは見つかったか？」

「いえ。ただ、夕方に屋敷から出て行く姿を見た者がおりました。まだ戻っていないとのことです。なお商人のゴードンは保釈金を払うことに同意しました。現在、資産を押収中です」

「わかった」

そのとき、侍女たちの騒ぐ声が聞こえてきた。

「ん、なんだ？」

「奥様の侍女のようですが……」

風雷の魔法書を探して、あちこちひっくり返し回っているのかもしれない。

動き出すなら今しかあるまい。この隙に入学準備を進めておこうと考え、俺は衛兵長に言った。

「ジョブランク1の生活魔法を使える者を用意してくれ。確か奴隷の子の中にいたはず。それと、軽食とケーキもな」

衛兵長は「はっ！」と敬礼して退出していった。

風雷の魔法書が消えたタイミングでロイドが逃亡。普通に考えれば犯人はロイドとなる。魔法書を失った母親は、ロイドを血眼《ちまなこ》になって探すだろう。

これでいい。ロイドが逃げれば逃げるほど、母は俺に構っている場合でなくなる。

俺にはやるべきことがたくさんあるんだ。

ロイドが勉強の妨害をしていたのもあり、俺には座学の知識がない。これでは学校で落ちこぼれるのは当たり前だ。教師でもいればいいんだが……。母親には頼めないから無理か。独学で勉強するしかないだろう。

それに騎士が欲しい。騎士とは、ガルハンの設定上、付けることができる護衛のことである。ゴードンから巻き上げた金と身体強化の種で、なんとか信頼できる奴と契約したい。

そして、今できることは、自分のレベルアップだ。

モノマネ師のジョブランクを１０にするのだ。ランク１０になれば、セカンドジョブが取れる。ジャックはナイトの家系だから、ナイト系のジョブが取れる可能性が高い。ナイト職なら防御力が高いので透明人間の弱点である物理攻撃も問題なくなるしな。

コンコンとノックして入ってきたのは、十代くらいの奴隷の女の子。猫耳の可愛い子だ。

鑑定で見てみると、猫族で名前はミケ、十六歳。俺のリクエスト通り、指先に火をつける生活魔法の「ライター」を持っていた。

ミケは、俺が頼んでおいた軽食、パンとスープに紅茶、そしてケーキを机の上に置いた。俺は彼女に告げる。

「怯える必要はない。その椅子に座ってケーキでも食べててくれ」

「いえ、そんな……」

「命令だ。あとは紅茶を飲んでそこにいるだけでいい。俺のことは気にするな」

「……はい、いただきます」

恐縮するミケをソファーに座らせる。

ミケはケーキと紅茶を恐る恐る食べて頬を緩めた。ミケには協力してもらいたいから、ご褒美をあげておかないとね。

協力してもらいたいこととは、モノマネ師のランク上げである。

モノマネ師のランクは、他人の魔法をマネることで上がる。なお、モノマネスキルで魔法を使っても、ＭＰではなくＳＰ《スキルポイント》を消費する。

ライターの消費MPは1。たぶんＳＰ１で使えると思う。俺のＳＰは５５０だから五百五十回は使えるはず。

さっそく俺は、モノマネの相手をミケに設定し、ライターの魔法を連発した。

子供が百円ライターをカチカチやっている感じだよな。ミケからしたら、俺はただの危ない奴に見えると思うが仕方ない。

無詠唱でひたすらライターを実行し続ける。ＳＰが少なくなると、強烈にお腹が減る。五百回目を超えたところで空腹感を覚えた。

冷めたスープとパンをつまんで休憩してから上級鑑定で自分を見ると、モノマネ師のジョブランクが４になっていた。

モノマネ師は意外にジョブランク上げが簡単なのかな。モノマネする必要があるので一人で経験値を稼げないから、上がり易い設定になっているのかもしれない。そもそも魔法のモノマネ限定でしか経験値をもらえないって厳しい制約もあるし。

そろそろ疲れてきたので、ミケに執事を呼んでくるように頼んだ。

ミケに呼ばれて現れたのは、ジルという執事だった。ジルがロイドについて報告してくる。

「失礼します。ロイドですが王都の城門を出て行ったそうで、今、捜索しているところです。その間、私がロイド殿の代わりを務めることになりました」

ロイド二号の登場だな。こいつを追い払っても、執事と侍女の任命権は母上にあるのだから意味がない。まあ、ロイドのように、あからさまに俺と敵対するわけでもなさそうだから、良しとしよう。

「ジルだったな。騎士学校の教本を持って来てくれ。それと、ミケを部屋付きのメイドにするから手配しろ」

「かしこまりました。すぐに持ってきます。失礼いたします」

とはいえ、ジルは俺の味方ではない。俺の動きを母親に報告するだろうな。邪魔されないだけマシか。屋敷に信頼できる者はいないと思って行動するしかない。

ジルが持ってきた騎士学校の教本は、王国史、大陸史、地理学、算術、スキル・ジョブのまとめ、マナー教本、剣術指南書など十冊を数える。

机に山と積まれた教本を見て、俺はため息をついた。

どうやら、新たな敵の登場だな。

だが、高校受験、大学受験を乗り越えた現代人の力を見せてやるよ！

机に向かい、まずは地理学の本を開く。見慣れない地名に戸惑いながらも、俺は夜遅くまで勉強するのだった。

第4話　不運＋不幸＋不遇＋黒猫＝？？？

次の日から、ひたすらライターの魔法を発動させては経験値を稼ぐ一方で、机に座って勉強する毎日を過ごした。

ジルには隣の部屋に控えておけと命じ、邪魔できないようにしておいた。なんだかんだで信用できないからな。

モノマネスキルの設定はライターのままにしてある。一度設定しておくと、解除するまで同じ能力を使うことができるのだ。

ライターと念じると指先に火が現れる。火が消えたらまたライターの魔法を発動させる。

モノマネ師のランク上げはその繰り返しだ。なんか単純作業に飽きてきたな。そう思って学園の教本を読みながらライターの魔法を使おうとしたら両方できなかった。二兎を追う者は一兎も得ず。反省してランク上げに集中する。

SPが0になりお腹が減ると、ミケに食事を持ってこさせた。食べながら地理学を勉強する。三時間ほどしてSPが全回復すると勉強を終了。再びライターの魔法を発動させてランク上げに集中した。

ランク上げ、食事、三時間の勉強。これを三回繰り返して一日が終わる。ストイックに取り組んだおかげで、この日のうちにランク6になった。さらに次の日はランク7に。順調にランクが上がっていくのは嬉しいな。単純作業の繰り返しが報われた感じがするぜ。

ランク8になったとき、上級鑑定スキルで下級精霊が見えるようになった。この世界には精霊の種があるのだから、精霊がいるのは当然なのかな。ランク10になったら、上級精霊が見えたりするのかもしれない。

教会に行く前日、ジョブランクが10になった。これで念願のセカンドジョブを取ることができる。

それからは勉強オンリーに切り替え、必死に地名を叩き込む。そんな矢先、下級精霊さんが現れ、ふわふわと俺を窓へと誘導してきた。なんだろう。

アンリとアレンが馬車に乗り込んでいる。どこかに行くらしいのだが、ジルに聞いても、首を横に振るだけ。衛兵長に問い詰めてようやくわかった。

二人は闘技場《アリーナ》に行くらしい。

「えっ、闘技場？」

「はい。この時期は、騎士学校に通う貴族様に仕官希望の騎士階級の方が、闘技場で試合を行うのです。お付きの騎士しか貴族学校の寮に入れませんから、入学前に騎士を選定するんですよ」

チッ、油断していたな。騎士は入学後にのんびり探そうと思っていたが、それでは遅かったようだ。

俺は怒った目でジルを睨みつけながら問い詰める。

「ジャック様の騎士は、奥様自ら選ぶと言っておりましたので……」

はあ？　アニメとゲームでは、ジャックに騎士なんていなかったぞ。闘技場に行かせないための嫌がらせなんだろうが、自分の息子に冷たすぎないか？

「母上に厚意だけ受け取ると伝えてくれ。俺は自分で騎士を選ぶ。ジル、支度しろ」

「かしこまりました。馬車を用意いたします」

ジルは命令すればきちんと実行する。俺の味方ではないが、完全に敵というわけでもないようだ。それにしてもジャックってなんでこんなに不遇なんだろう。

急いで着替えを済ませて馬車に乗り込む。ジルには留守を命じ、代わりに衛兵長と行く。

ちなみにジャックは箱入り息子で、子爵家の屋敷からほとんど出たことはなかった。貴族の息子は国家の人質という扱いだから、王都の外に出るのは許可がいるくらいなのだ。

子爵家の屋敷は、王都内の三重の城壁の一番内側、第一区画と呼ばれる場所にある。闘技場のある第三区画は一番外側の城壁の区画で、子爵家の屋敷から結構距離があった。

王都だけあって道が広く人が多いな。貴族の馬車を見ると民衆が避けていくから、進むのは早いけど。

城壁は高く厚みがある。馬車の窓から見ても圧倒的な存在感があった。一つ目の城壁を越えて、第二区画に入ると、騎士や豪商たちのレンガ造りの家が並んでいた。

さらに二つ目の城壁を抜けると第三区画に入り、木造の家とレンガの家が混在するようになる。ここは、平民の区画で、冒険者の姿も見える。

闘技場は庶民の娯楽で、王都には三つある。そのうち東の闘技場が、この時期の騎士の試合で賑わうのだと衛兵長が教えてくれた。

どんな場所なのかと思ったら、古代ローマのコロッセオみたいな建造物だった。なお、人と人の殺し合いは法律で禁止されている。そこで行われるのは、馬上の騎士が木製のランスで戦う槍試合と、木剣で戦う剣闘の二種目。今日は剣闘だけ開催されているようだ。

試合会場には、土のグラウンドに白い粉で円が四つ書いてあり、その中で戦いが行わていた。

観客の中にアレンとアンリを見つけた。

アレンは俺を見て顔をしかめ、アンリは「なんでお前がここにいる」という顔をしていた。

二人を無視して試合を眺めていたら、円の中で一人の男が声を張り上げる光景が目に入った。衛兵長に尋ねてみる。

「あれは何をしているんだ？」

「戦う前に血統を読み上げているんですよ。父親は誰とか、どこに仕えていたとか。有名な先祖の名を挙げたりして、試合前にアピールする人もいます」

「なるほどな」

「仕官するためには、実力以上に信用がいるんですよ。私も大変でした」

騎士と名乗るためには、国の騎士団に入るか、貴族と契約するかしか道はないらしい。ジョブとしてナイト職を持っていても関係ないようだ。

試合会場を見ていた俺の目に、ガルハンで見覚えのある人物が映る。

「ん？　あれは……、ラルフ・ガードナー⁉」

さっそく俺は鑑定してみる。

==========

【名前】　ラルフ・ガードナー
【ジョブ】　イージスナイト（ランク7）
【スキル】　剣術、盾術、生存、守備力上昇、詠唱省略、自動迎撃、ノックバック、騎乗
【精霊の加護】　なし

==========

ラルフ・ガードナーとは、主人公の騎士となるキャラだ。

彼は、隣国のヴィクトリア帝国を追放され、王国で士官できずに自棄《やけ》になって酒を飲んで倒れていたところを主人公に助けられて、騎士の契約を結ぶという設定になっていた。

とにかく不幸、不運、不遇で、主人公にこき使われるキャラ。

「イージスナイト」のジョブランク7でとにかく硬く、超絶攻撃力のアイテム「不発ボム」を三連続でくらっても生き残る。まあ、不発ボムが三連続で爆発すること自体、不運とかしか言えないんだけどな。

ラルフは、ボロボロの甲冑《かっちゅう》を着ていたものの、試合にはあっさりと勝利していた。

が、ラルフを騎士にしようと声をかける者はいなかった。

なんで？　ラルフの強さは本物だぞ？　周りにいる他の騎士をざっと鑑定してみたが、ジョブランク5が普通だった。ラルフを無視する理由がわからないな。

ラルフが主人公の騎士になるというガルハンの設定を無視して俺の騎士にしたら、これからの展開に影響があるんだろうか？　いや、彼が主人公パーティからいなくなるだけで、主人公は弱体化するはず。主人公が活躍して俺が処刑されるという原作の展開を避けるためにも、よし、声をかけてみるか！

ちなみにラルフの容姿は、赤髪で青い瞳のチャラ男風。口癖は「なんで俺ばっかり!?」で、アニメでは毎回このセリフがあったような気がする。背の高さは普通でノリは軽い。俺は、そんなラルフのキャラが好きだった。

俺はラルフの肩に手をかけて呼び止める。

「ああ？　なんか用か？」

「闘技場で声をかけたら、普通は仕官しないかって話だと思うが？」

「えっ、俺を雇ってくれるの!?」

なぜそこで驚く。アニメ通りの話しやすい奴だな。

「俺はジャックだ。条件はあるか？」

「んー、即金で金貨十枚でどうよ！　それなら永遠の忠誠を誓うよ！」

安いな。ああ、帝国から来たばかりで金欠なんだっけ。

でも、普通の騎士の契約金は金貨三十枚はするはず。自分を安く見積もり過ぎだろ！

まあいい、永遠の忠誠を誓ってもらおう。

「即金で金貨十枚だな。ほら」

「マジか！　おし！　契約成立だな！　契約の精霊に我、主《あるじ》をここに定め、忠節を尽くす。忠誠契約！」

ラルフが詠唱して、俺と主従の契約を結ぶ。これで、主人公の騎士が誰になるかわからなくなった。にしても、いい盾役を見つけたな。

でも、ラルフは俺に雇われて不運なんじゃないかな。まあ、喜んでるからいいけどさ。俺はアイテムボックスから身体強化の種を取り出してラルフに渡す。

「ラルフ。身体強化の種だ。ここで食え」

「いいのかよ？　まあ、食べるけどさ。んー美味いな。おー強くなった感じがする。ジャック、これからよろしくな！」

「ああ、よろしくな！」

「なあなあ、聞き忘れたけど、猫を飼っていいよな？」

言っていなかったが、ラルフを語る上で一番重要なのが、大の猫好きなこと。

帝国を追われた理由もそのことに関係していて、猫嫌いで有名な皇女の屋敷を猫屋敷にしたから。なんでそんなことをしたかというと、拾った猫を捨てられなかったためとか。おまけに集めた猫が皇女のパンツを盗ったのが決め手になったのだった。

「いいぞ。今なら猫耳のメイドも付けてやるよ」

「マジかよ！　一生ついて行くぜ！」

俺はお前の一生が心配になってきたぞ。このノリの軽さをいいように利用されて、ラルフは主人公にこき使われてたんだよな。

ラルフが、軽快なノリのまま俺に尋ねてくる。

「猫屋に行っていいかな。運命の猫に会ったんだよ」

「いいけど……、猫屋なんてあるのかよ」

「あるに決まってるだろ。知らないのか？　猫はネズミを捕ってくれるだろ？　大人気なんだぜ！それに血統書付きの猫は高いんだよ！」

「その運命の猫はいくらするの？」

「金貨十枚だな！　早く行かないと買われちまうだろ！」

ラルフはボロボロの鎧《よろい》を脱いで服に着替えると、俺を急かして馬車に向かった。

俺、ラルフ、衛兵長の三人が馬車に乗り込んで猫屋に行く。

たぶんラルフが買おうとしているのは、彼の愛猫《あいびょう》でガルハンのマスコットキャラ「ルーン」って黒猫だと思う。

ラルフが御者《ぎょしゃ》を急《せ》かして馬車を飛び降り、金貨を握りしめて猫屋に駆け込んだ。

まさか即金の理由が猫とは思わなかったよ。

馬車に戻ってきたラルフが子猫の黒猫を抱きしめている。こいつ、大丈夫かと思ったのは内緒だ。

そういえば、ラルフと契約する際にネコ耳のメイド（ミケ）をラルフに付けると約束したんだっけ。

ミケ、頑張ってくれ！

俺は、不運な騎士と馬車に揺られながら、子爵家に戻った。

馬車を降りるときにラルフが黒猫に告げた。

「よし！　お前の名前は、ルーン・ガードナーだ！」

ガルハンのマスコットキャラが命名された瞬間である。

第5話　〇〇ナイツ？

王都の中心部に建てられた教会は、身分を問わず洗礼を行っている。

ジョブを確認するため、詠唱を知るため、セカンドジョブを得るため、様々な理由で人々は教会を訪れる。

窓にステンドグラスが張られ、教会の内部には、荘厳《そうごん》な雰囲気が漂っていた。でも、十字架の下には賽銭箱《さいせんばこ》が置かれている。微妙に和洋折衷《わようせっちゅう》しないでほしい。

左右の壁には、ガラスで囲まれた個室が連なり、その中にはジョブを確認するための水晶が置かれていた。銀行のＡＴＭみたいだなとちょっと思ってしまった。このガラスの部屋には必ず一人で入り、一旦、閉めたら外からは開かないようになっている。一人で入って倒れでもしたら大変だからなのかな。

俺が教会に入ってからしばらくして、俺を見てこそこそ話したり露骨に目を背けたりする人がいた。ガルハンを通して俺の嫌われっぷりは知っていたがここまでとは……。気にしないが、ちょっと悲しくなるな。ちなみに教会には、母親と兄弟と一緒に来ている。

さっそく列に並んでいるとすぐに順番が来たので、ラルフと入る。

隣の個室には、弟のアンリと兄のアレンが入っていた。二人とも顔を真っ青にしているのは、きっと精霊の加護が判明したからだろう。

では、俺もやるとするか。俺の場合は、セカンドジョブの取得だ。

水晶に右手を当てると、台座からプレートが現れる。

プレートに映っているのは、現在の俺のジョブ「モノマネ師」と精霊の加護「透明人間」。次の画面に移動し、セカンドジョブの設定画面にする。

さて、俺のセカンドジョブの選択肢は何なのだろうか？　ワクワクするぜ！

・ドラゴンナイツ

・スライムナイツ
・アンモナイツ

「おおおっ！　ドラゴンナイツきた！」

ちなみに、騎乗用の召喚獣を持つナイト職は「○○ナイツ」という呼び方をされ、「ドラゴンナイツ」であれば、ドラゴンに騎乗する。

明らかに強力そうなジョブなので狂喜乱舞していると、ラルフが俺の手を掴んだ。

「ドラゴンナイツはやめとけ。罠ジョブだ」

「なんでだよ。ドラゴンナイツだよ？　スキルもいいし、罠ジョブって聞いたことないし」

「その三つのナイト職は、経験値を得る対象に制約があるんだ。ドラゴンナイツはフィールドのドラゴンを単独討伐五匹でランクが上がる。でもな、ドラゴンって飛ぶんだぞ？　大陸で百匹もいないドラゴンを探し回るのか？　闘技場で俺のボロボロの鎧を見ただろ。ドラゴンブレス一発で死にかけたわ！」

あぶね！　そう聞くと確かに罠ジョブだよな。

それにしてもラルフはドラゴンと戦ってきたのかよ、つくづく不幸な男だな。しかし、ドラゴンブレスをくらってよく生きてたなと思う。

「他はアンモナイツとスライムナイツしかない……」

「アンモナイツは海の底のダンジョンにいるアンモナイトを倒さないといけないから、魚人でもないと経験値を稼げないぞ。スライムナイツでいいじゃん。スライムならどこにでもいるからな」

ラルフはジョブの本を開き、俺にスライムナイツのジョブスキルを教えてくれた。


＝＝＝＝＝＝＝＝＝＝＝＝＝＝＝＝＝＝＝＝＝＝＝＝＝＝＝＝＝＝＝＝＝＝

【ジョブ】　スライムナイツ
【スキル】　剣術、盾術、物理ダメージ軽減、スライム召喚、騎乗、スラッシュ、一刀両断
※「スラッシュ」は、斬撃を飛ばすスキル攻撃
※「一刀両断」は、敵を攻撃力三倍の会心の一撃で叩き斬るスキル攻撃

＝＝＝＝＝＝＝＝＝＝＝＝＝＝＝＝＝＝＝＝＝＝＝＝＝＝＝＝＝＝＝＝＝＝

スキル攻撃はＳＰを消費して放つ強力な必殺技だが、それを二つも持っている。能力的に見ても、普通にスライムナイツは強かった。

「でも、スライムに乗るんだよな……」

「乗らなくてもいいけど。召喚できるスライムはランクが上がれば強くなる。って知らないのか？」

ガルハンの内容は把握しているが、スライムナイツのキャラはいなかったのでわからない。

ちなみに召喚獣の強さを比較すると、ジョブランク1のドラゴンと、ジョブランク2のスライムでは、スライムが勝つらしい。

「必死でジョブランク2に上げたドラゴンナイツがいてな。ジョブランク4のスライムにボコられて涙を流したんだそうだ。それ以来、俺のいた帝国では望んでドラゴンナイツになる勇者はいないな」

ドラゴンナイツはだめ、アンモナイツもだめとなると、選択肢がないから仕方ないよな。

スライムナイツを選択して、モノマネ師をセカンドに移動、スライムナイツをファーストジョブに設定する。

なお、モノマネ師とスライムナイツのレア度は、ともにランク9だった。レアジョブかもしれないけど、ネタジョブ感が半端ないな。まあいいや、あとは地道にジョブランクを上げるだけだ。よく考えたら、スライムはかっこいいかもしれない。

個室を出て、母にスライムナイツだったと報告したら、気にしないでと慰めてきた。いや、スライムナイツは強いんだが……。まあいいや、油断させておくのが一番いいからな。

アンリとアレンも部屋から出てきた。二人からどんな精霊の加護だったかを聞いて、母親の顔が怒りに染まっている。

ちなみに、アンリのジョブは「ランスナイト」、アレンは「シールドナイト」だったようだ。かっこいい名前のジョブで、二人が羨ましいよ。

教会にいると周りの視線が痛い。俺は馬車に乗り込み、さっさと帰宅した。

さっそく家の中庭でスライムを召喚してみたら、アーモンドチョコのような形のブルースライムだった。真ん丸な目と大きな口で愛嬌《あいきょう》があり、かなり大きなサイズだ。

騎乗すると、ピョンピョン跳ねて速度もそこそこある。立派な手綱《たずな》と鞍《くら》が付いている。手綱はゴムのように伸びるので扱いやすい。

気に入った！　スライムは最高かもしれない。

ラルフが笑って、スライムにまたがる俺を眺めている。

「スライムに乗るってなかなか愉快な姿だけど、いい感じみたいだな」

「実用的ではあるな。そろそろ部屋に戻るか。勉強しないと騎士学校入学までに間に合わない。ラルフ、大陸史を教えてくれ」

「頑張るなあ。大陸史は俺に任せとけ！」

ラルフの言葉が頼もしい。ちなみに大陸史は、ラルフの故郷のヴィクトリア帝国で習う帝国史とほぼ同じだ。

ヴィクトリア帝国はここガリア王国の北にあり、何度もアッシリア大陸を統一しながら、何度も崩壊している。二百年前まで、ずっとこの繰り返しだったらしい。

支配国家が変わるごとに、町や地方の名前が変わるのが面倒だ。帝国の民なら、まだ支配地域の地名に馴染みがあるかもしれないが、王国の箱入り貴族である俺には厳しいな。強引に暗記するしかないけどね。

ラルフは教え方も上手く、いい教師で本当に助かる。

ひと通り教わると、あとは自分で頑張ることにした。

背後のソファーでは、メイドのミケがラルフの犠牲になっている。彼はミケの耳がお気に入りらしい。膝の上に飼猫のルーンを乗っけながら、ミケの耳を嬉しそうに撫でていた。

「うにゃあっ、ラルフ様、み、耳はもうダメですよ」

「まあまあ。もふもふして可愛いよ。あー、俺にもネコ耳が生えねーかな」

生えないよ！　まあ、ミケは耳を撫でさせる代わりにケーキをもらって餌付《えづ》けされているみたいだし、ほっとこう。

さて、大陸史と地理学の勉強を続けよう！

第6話　準備完了

ナイト職の獲得、勉強ときて、今度は装備品を整えようとしたのだが、これが大変だった。

貴族の装備は、材質を「ミスリル」で整えた方が良いとされている。

俺はラルフに頼んで、王都の武器商にミスリルの鎧と剣と盾を注文してあった。自室で勉強しているとラルフが入ってきた。

「ジャック、商人が来たぜ」

「ああ、面倒だからここに連れてきてくれ」

ドアをノックされたので「入れ」と告げる。

現れた武器商人は優雅に一礼すると、剣をテーブルの上に置いた。キラキラと輝く西洋風の剣だ。

これがミスリルの剣か。そう思って胸を躍らせて鑑定してみると鉄の剣だった。俺はこめかみを引きつらせながらもう一度鑑定してみた。やっぱり鉄の剣だな。

俺が鑑定スキル持ちとも知らずに、商人は堂々と言う。

「こちらがミスリルの剣になります」

「ほう、よく見せてもらおうかな。引き抜いてもいいか?」

どうぞ、と商人が頷くので鉄の剣を手に取った。

やけにピカピカしているな。何かの塗料を塗りつけているのだろうか。鞘《さや》を爪で強く引っかくと、銀色の粉が付着した。うん、あからさまな偽物だ。

俺は商人を睨みつけながら、その鉄の剣を引き抜き喉元に突きつけた。

「これは鉄の剣だな。さてと、言い訳を聞こうか」

「い、いえ、あの、それは」

慌てる商人にラルフが言う。

「鉄の剣をミスリルの剣って売るのは詐欺《さぎ》じゃね？」

「言い訳さえできないようだな。ラルフ、そいつを連れて行け。王国法に従い、貴族を騙した罪により全財産を没収する。命があるだけマシと思え！」

「そ、そんなお許しを！」

俺が鋭い声で命じると、ラルフが商人の襟首《えりくび》を捕まえて部屋の外に出て行った。

商人は涙ながらに許しを請うが、偽物を売りつけようとした罪は重い。俺は冷ややかに涙目の商人を見送る。

こんな馬鹿げた方法で俺を騙そうとするなんて馬鹿な奴だ。怒りを抑えて、ため息をついていると、ラルフが戻ってきた。どうやら衛兵長に引き渡したらしい。

「ラルフ、別の商人を呼んできてくれ」

「わかった。あの商人、評判のいい武器商だって聞いたんだけどな」

そうつぶやきながらラルフが部屋を出て行くと、俺は再び机に向かって勉強を始めた。

いきなりひどい目に遭ったが、詐欺みたいなことをする商人なんてそんなにいないはず。今日中にミスリル装備は手に入るだろう。

そう思っていたのだが、二人目の商人まで偽物のミスリルの剣と鎧を持ってきた。再発防止のため、その商人も容赦なく叩きつぶしておいた。

三人目の商人になって、やっとまともな装備を持ってきた。

これで俺とラルフのミスリル装備が手に入った。しかし、その商人に訓練用の剣を注文したら、またしても騙されそうになった。

訓練用の剣は、竹刀みたいな剣で、怪我をさせないように内部が空洞になっているんだが、その空洞部分に鉄が仕込まれていた。こんなので殴ったら相手が怪我をするだろう。

「ラルフ、連れて行け！」

「またかよ。ほらほら暴れんなよな」

「はっ放せえぇぇ」

装備を用意するだけで、こんなに苦労するとはさすがに思わなかった。

次で最後だろうと思っていたら、その商人は偽の魔法書を売ってきた。

さらに、暗殺防止の銀の食器が毒性の鉱物で作られていたり、ポーションは空き瓶に水を入れた偽物だったり、解毒薬はそこら辺の雑草をつぶして固めた物だったりした。

知らなかったが、俺は騙されやすいと商人の間で評判になっていたらしい。母、アンリ、アレンのせいだろう。

悪質な品物が多かったので、俺は容赦なく商人から全財産をはぎ取ってやった。

「ラルフ、そいつを連れて行け」

「ジャックを騙して破滅した商人はこいつで二十人目だよな。懲《こ》りないねえ」

「ひいいっ！　お許しくださいジャック様」

俺のつぶした商人はそのあとも増え続けた。

俺は頭を抱えてテーブルの上に倒れ込んだ。

もう人間不信になりそうだよ。ジャック・スノウ、ただ今、悪役街道一直線でございます。

ラルフが二十数人目の商人を引きずってドアの向こうに消えると、入れ違いでミケが部屋に入ってきた。

今日は俺の父親のジグリット・スノウが帰宅予定日なので、そのことかと思ったら違うらしい。

ミケは激しく動揺しているようだ。俺はソファーから立ち上がって、ゆっくりとミケに尋ねた。

「落ち着け。父上が帰ってきたのではないんだよな？」

「は、はい。さ、宰相閣下が来られました。ジャック様に頼みがあるらしいです」

「宰相閣下だと。王国の二番目に偉い人がどうして俺を？　待たせるわけにはいかないな。すぐに行く」

俺はミケを従えて、宰相の待つ客間に向かう。

客間に入ると、メガネをかけた中年の男がソファーに座り紅茶を優雅に飲んでいた。さすがは王国の宰相だけのことはあるな。メガネの奥の眼光が鋭いし、何より存在感がある。

「ジャック・スノウ殿、突然の来訪、申し訳ない」

「王国を支える宰相閣下に……」

「それより君に頼みがある」

俺の挨拶を遮《さえぎ》り、宰相は威圧しながら右手を差し出した。

「君の持つ営業許可証を王国に返したまえ」

「営業許可証？」

「そうだ。君が商人から没収した営業許可証は国の管轄下にある。つまり私の管理すべき領域だ」

　この王国で店を出すには営業許可証がいる。許可証は、店の数を調整して経済を円滑にするため、王国で管理しているのだ。

　王都のような都市では、営業許可証は恐ろしいほどの価値を持つ。俺がつぶした商人は貴族と取り引きできるほどの豪商で、第一区画に店を持つ者ばかり。おかげで、他の貴族が商品を買えなくなってしまったらしい。

「第一区画の営業許可書は、精霊の種や魔法書などの専売の権利書でもある。一つの子爵家が大量に持つのは危険だ。そこで宰相の私が来たわけだ」

　俺が営業許可証を王国に返さなければ、王国に正面から喧嘩を売ったことになる。知らない間に死亡フラグが立ってたよ！

　宰相のメガネの奥の瞳が怖かった。これは頼みではなく命令だな。俺は慌てて執事長を呼んで営業許可証を持ってこさせた。

「君の理解が早くて助かったよ」

　宰相は営業許可証を受け取ると立ち上がって部屋を出る。俺は冷や汗を流しながら宰相を見送った。振り返ると俺の後ろでラルフが腹を抱えて笑っていやがる。

「良かったじゃねーか。ここがヴィクトリア帝国だったら、今頃、暗殺者に襲われてたんじゃね？」

「笑えないよ！」

「それにしてもジャックは商人に嫌われすぎだろ」

「まあな。ただ、金は恐ろしいほど貯まったがな」

商人から没収した財産の一部は俺の懐に入った。残りは子爵家の資産になる。

ちなみに、数日前にラルフに金貨を渡したら、猫用のブラシとかをそろえていた。さらにミケを奴隷から解放して従者の契約をしたらしい。猫好きのラルフらしい金の使い方だ。

そのミケが再び現れて、父ジグリット・スノウの帰宅を報告した。

「ジャック様を執務室に呼んでくるようにと言われました」

「わかった。ラルフは部屋で待っててくれ」

「はいよ」

俺は二人と別れ、執務室に向かった。

執務室は最上階にある。部屋に入ると金髪で大柄の厳《いか》つい男がいた。俺の父親、子爵家当主ジグリット・スノウである。

アンリとアレンと母は、左右に分かれて並んでいる。俺はその中央で、胸に手を当て貴族の礼をした。

「父上、無事にご帰還されて安心いたしました」

「うむ。留守の役目ご苦労であった。皆の顔が見れて余も嬉しい。ジャックよ、宰相は帰ったか？」

「はい。先ほどお帰りになりました」

ジグリットは豪快に笑う。

「あの狸《たぬき》め、営業許可書だけ取って帰ったか。ジャック、明日にでも詫びの品を持って王城に行くがよい」

「はい」

次いでジグリットはアレンとアンリに声をかけた。俺は、その様子をじっくりと観察する。

この豪傑を体現したような男は、存在自体がブラックと言っていいほどあらゆる悪事に手を染めている。ただ今は、どの貴族の当主も彼と同じようなものだ。

現在王国の貴族は、第一王子と第二王子の後継者争いで二つに割れており、きれいごとだけでは割り切れなくなっているのだ。

ジグリットの二人への話は終わったようだ。

「今日はもう下がって良い。皆、大義であった」

彼の言葉を受けて、全員が膝を折って退出していく。

母は俺の悪評を報告するだろうな。さっさと家を出て、無事に騎士学校に入学したいものだ。その前に王城に行って謝ってこなくては。

◆
◇
◆

次の日、詫びの品である高級な酒をアイテムボックスに放り込み、ラルフを連れて屋敷を出た。

まずは近くの商人の店に向かう。ミスリルの剣は手に入れたが、ミスリルの装備の他、必要品すべてはそろわなかったんだ。

「回復薬と解毒薬に訓練用の竹刀、銀の食器に服と……」

俺はメモを見ながら、騎士学校に必要な物を確認していた。ラルフが俺の横で笑って軽口を叩く。

「武器と防具と教本以外の全部じゃね？」

「まあ、その通りなんだが……、笑うなよ」

「ジャック、あそこの店にしようぜ」

ラルフが四階建ての大きな店を指差した。どこの店でも同じような気がするし、ここでいいだろう。俺たちは店のドアを開けて中に入った。

店内には、ミスリルやオリハルコンの剣が整然と並べられている。感心して眺めていたら店員が笑顔で近づいてきた。

「いらっしゃいませ」

「このメモの品を買いたい。用意してくれ」

「かしこまりました。少々お待ちを」

店員は俺たちを店の奥に案内すると、メモの商品を次々と持ってきた。

鑑定して確かめてみたが、全部本物のようだな。アイテムボックスから金貨を取り出して支払いを済ませる。

あんなに大騒ぎして武器と防具だけしか買えなかったのに一瞬で手に入ったよ。俺はため息をついて肩を落とした。

「こんなことなら初めから直接商人の店に出向けばよかった」

「だよな。まあ、商人二十数人がそろってジャックを騙すなんて誰も思わないよな」

「さてと、入学準備も整ったし、王城に行くかな。何か納得いかないけど」

悪いのは騙そうとした商人であって俺ではない。やり過ぎたのは認めるけどさ。

買った商品をアイテムボックスに放り込み店員と別れようとすると呼び止められた。店員が何かを差し出してくる。

「これは二週間絶対に消えないマジックペンです。普通のペンとしても使えますよ」

「もらっていいのか？」

「はい、サービス品ですから」

何かに使えそうだと考え、ありがたく受け取ってポケットの中に入れた。店員に別れを告げて王城に向かう。

「いい店だったな」

俺がポツリと呟くと、ラルフがまじまじと俺を見る。

「そりゃあ、そんだけ商品を買ってくれたらサービスの一つもするって。あれが普通の対応だと思うぞ」

「その普通の対応を俺は生まれて初めてされたわけだが？」

「そうなのかよ!?」

ゴードンはニコニコ顔で俺を騙していたし、二十数人の商人も隙あらば偽物を買わせようとしてきた。本当俺は商人と相性が悪いよな。

王城を見上げながら遠い目をした俺の頭をラルフがよしよしと撫でる。子供じゃないんだが、まあいいか。

「そういえば王城に行くなんて久しぶりだな」

「ジャックは行ったことあるんだ？」

「一応貴族の嫡子だからな」

俺の記憶では、貴族の子弟の社交界のついでに行ったことがあった。あまり覚えてないけど王女様がいた気がするな。

近づくにつれ、どんどん大きくなる王城の城壁に圧倒されながら、城門の前にたどり着いた。門を守る衛兵に呼び止められたので名乗っておく。

「スノウ子爵家嫡子ジャック・スノウだ。今日は宰相閣下に会いに来た。通してもらえるか？」

「はっ！　失礼しました。どうぞ」

「お役目ご苦労様。行くぞ、ラルフ」

敬礼する衛兵の横を通り抜けて王城の敷地に入った。

王城は巨大過ぎて、近くで見るとますますその大きさがよくわからなくなるな。

宰相のいる宰相府は、中央の王宮にある。そこまで行くのに結構な時間がかかるだろうな。

正面に見える扉をくぐると、オリハルコンの装備に身を包んだ騎士が並んでいた。王城を守る精鋭の王宮騎士団の騎士たちだろう。騎士の一人に声をかけたら、宰相閣下はいないと言われた。

「宰相閣下がいない？」

「今日は王国の南部の視察に行かれております。明日には戻られるかと思いますよ」

「詫びの品を持ってきたんだがいないなら仕方ないな。明日また来るよ」

それにしてもよく動く宰相だな。

騎士に礼を言って来た道を引き返す。やることがなくなったな。帰って勉強してもいいけど、せっかくなので王城を見て回りたい気もする。俺が少し考えていたら、ラルフが手を合わせて頼み込んできた。

「なあ、ジャック、俺、猫のエサを買いに行っていいかな？」

「エサを？　頼み込むほどのことでもないだろう。好きにしろ」

「ならさ、一緒に猫屋に行こうぜ。猫の可愛さを思う存分教えてやろーじゃねーか！」

「断る。俺は王城を見てから帰るよ。勉強の息抜きにもなるしな。先に帰ってろ」

「断られた!?　でもありがとよ。すぐに屋敷に戻るからな」

ラルフの猫の話は長いからな。きっぱりと断り、城門の手前でラルフと別れた。

王城の周りを散策する。

王城と城壁の間はかなりの距離があって、木が植えられて庭園になっていたり、騎士たちの訓練場になったりしているらしい。

適当に歩きながら、強そうな騎士たちを見ては興奮し、きれいな庭園や池を見ては感心し――。

そして迷いました！

王城デカすぎなんだよ！

「えっと……、ここはどこだよ。こういうときは壁に沿って歩けば出られるはずだ」

その前に、空を見上げて太陽の位置から方位を確認しようと思ったら、いつの間にか空が雲に覆われていた。

「天まで俺を見放したか。まあいい。すぐに出られるはずだ」

右手を壁に当てて進むという古典的な迷路の対処法を実践していると、壁に人が通れるくらいの穴を発見した。

このパターンは考えていなかったよ。

すごく興味はあるが、これ以上迷ったらどうしようもないので、無視して壁沿いを進もうとしたら、穴から女の子の悲鳴が聞こえてきた。

「やめて！　放してよ」

「泥棒猫の娘のクセに生意気なんだよ」

「お母さんは泥棒猫じゃないもん」

「みんなお前の母親をそう呼んでいるんだよ」

「身分が低いくせに逆らうなよな」

泣きそうな女の子の声に混じって、男たちの声が聞こえる。

おそらくいじめだろう。

義を見てせざるは勇なきなりだな。まあ、まだ見てないけど、助けるつもりで壁の穴に潜り込む。

目の前に茂みがあり、その向こうに二階建ての煌《きら》びやかな建物が姿を見せた。

ここはたぶん後宮《こうきゅう》だ。以前に見かけたことがある気がする。

後宮は、男子禁制の場所がほとんどだが、王族の男たちも住んでいる。おそらく少女をいたぶっているのは、王族の少年たちだろう。クズはどこにでもいるな。

俺は怒りを露《あら》わに茂みから飛び出した。そして問答無用で少年を殴り飛ばす。少年は二メートルほどぶっ飛んで転がった。

「があああっっ！」

「貴様誰だ！　いきなり何をしやがる」

「通りすがりのヒーローだよ！　殴られた痛みをよく覚えておけ。そして人の痛みを知るがいい」

「何がヒーローだよ！　ぎゃあああああっ！」

二人目の少年の一撃をかわすと、クロスカウンターを叩き込む。

鼻血をまき散らして少年が崩れ落ちた。こいつらはたぶん俺より年上だろうが弱すぎだな。俺が睨みつけると、少年たちは悲鳴を上げて逃げ出していった。

「おい！　大丈夫か？」

俺は少女に声をかける。

きれいな子だった。茶色のセミロングの髪と、空のように透き通った青い瞳。上質の絹の白いカッターに青いスカートを穿《は》いている。

俺は、へたり込んで目に涙を溜める少女に手を差し伸べて助け起こそうとした。

しかし少女は、俺の手を振り払って涙を拭いながら立ち上がる。膝から血を流しているのを見て、俺はアイテムボックスからポーションを取り出した。

「怪我しているみたいだな。ポーションがあるから」

「いらない。放っておいてよ」

「でも、ここで見放すわけにはいかないよ」

俺の方を見ようともせずに、少女は服に付いた土を払っている。

「いいから私にかまわないで！」

少女は大声で叫ぶと、ぷいっと顔を背《そむ》けた。

俺が再び声をかけようとしたら、少女は少年たちとは逆の方に消えていってしまった。

少女の悲しそうな瞳が気になる。何か事情があるようだな。かまわないでと言われると逆に気になるよ。追いかけたいが、ここは後宮なので長居できない。

どうしたものかと空を見上げると、雲が消え太陽が顔を出していた。これで方向がわかるな。穴の空いた壁をくぐり抜けてしばらく歩くと、なんとか城門まで戻ることができた。

そのまま屋敷に戻る。

けれど、少女のことが気になって仕方ない。明日も王城に行くつもりだから、また彼女に会えたらいいのだが。

◆◇◆

次の日はラルフの同行を断って俺一人で王城に向かった。

入り口にいた衛兵に尋ねると、またしても宰相は留守だった。今度は西部の視察に出掛けたそうだ。いないなら仕方ないな。

そう考えていたら、昨日の少女の姿が見えた。

彼女は暗い顔をして王城の階段を上っていく。心配になって追いかけようとしたら、階段を守る衛兵に止められた。ここから先は許可がいるらしい。

俺は貴族だから許可を取るのは簡単だが、手続きには時間がかかる。

仕方ないな。一度引き下がって柱の陰に移動し、透明人間を発動した。一瞬で姿が消える。

これで俺を止められる者はいない。

柱の影から飛び出し、衛兵の横をすり抜けて階段を駆け上がる。

すぐに少女の後ろ姿が見えた。

彼女の顔をどこかで見たことがある気がするんだが思い出せない。すれ違う騎士が彼女に敬礼をしているから高貴な身分のはずだ。なのに、護衛の騎士もつれてないなんておかしいな。

疑問に思いながら彼女を追跡する。俺はいったい何をやっているんだろうか。でも今更、屋敷に戻る気にはなれない。

結局、王城の上の方まで来てしまった。

ここから先は王宮である。

少女は階段を上がり切ると廊下の角を曲がっていった。俺は慌てて追いかけ、廊下の角から顔を出す。

逆の方から来た女性に、少女が駆け寄っていた。

「お母さん！」

「セシリア！　遅かったじゃないの。心配したのよ。何かあったの？」

「ううん。何もないよ！」

名前を聞いて、ようやく思い出した。

王国唯一の姫、セシリア王女だ。確か母親の名前はセシル様だったな。

セシリアは、心配するセシルに首を振って明るい笑顔を見せた。いや、何もなくてあんな暗い顔はしないだろう。彼女が無理をしているのは俺にもわかった。俺は透明人間のまま彼女たちの話を盗み聞きする。

「従兄弟《いとこ》たちなの？　それとも側室たち？　まさか、また王妃様にいじめられたの？」

セシリアは王妃と側室たちにもいじめられているらしい。それにまたってなんだよ。従兄弟とは昨日ぶん殴った少年たちのことだろうな。

セシルがセシリアの肩を掴んで問いただす。セシリアは首を振って否定した。

「違うよ。私、いじめられてないもん」

「お母さんのせいで苦労ばかりさせてごめんね」

「苦労なんてしてないもん。大丈夫だよ。全然平気だよ」

セシリアは、セシルに心配をかけないようにいじめられていることを隠しているのか。明るい顔を見せているけど、無理をしているのはバレバレなんだよな。

手と首をブンブン振って、「大丈夫」と何度も繰り返すセシリア。自分に言い聞かせているような感じだな。その健気《けなげ》な姿に胸を打たれたよ。

「だから大丈夫だって」

「でも、ドレスを汚されたり、大事な物を壊されたり……」

「ドレスは私が転んで汚れたんだよ。お父様からもらった宝石箱は落としちゃったんだ。何度も言ってるでしょう。心配しなくても大丈夫だよ」

俺は二人の話にふむふむと頷きながら推測する。

どうやらセシルが国王の寵愛を受けているのを、王妃と側室たちが嫉《ねた》んでいるみたいだな。だから王妃と側室たちは、弱い立場の娘のセシリアを狙って執拗な嫌がらせをしている。

なるほどな。セシリアの状況はわかった。

「そんなことよりお母さん、早くお父様のところに行こうよ」

「そうね……、今日は久しぶりに三人で一緒に過ごせる日だもんね」

「そうだよ！　ほらほら、早く早く」

セシリアがセシルの腕を引っ張って廊下の向こうに消えていく。

二人の後ろ姿を眺めていたら、ＭＰが０になって透明人間が解除された。仕方ない、今日は帰るか。

セシリアは大丈夫だと何度も言っていたが――。

「大丈夫って言っている人間ほど大丈夫じゃないんだよな」

俺は振り返り、もう一度セシリアの後ろ姿を見てから階段を下りて屋敷に帰った。

◆　◇　◆

結局、宰相に詫びの酒を届けるのを理由に、今日も王城に来てしまったな。

今回は、ラルフが俺を心配してついて来ている。衛兵に挨拶しながら城門をくぐると、ラルフが俺の顔を覗き込んできた。

「なあジャック、昨日から変だぜ。何かあったのかよ？」

「なんでもないよ。はあ、そんなに変かな？」

セシリアのことが気になって全然勉強できなかったな。今日も、会えるかどうかわからないのに王城に来るなんてどうかしている。でも気になるんだよな。

「元気出せよ。そうだ！　ジャックにこれをやるよ」

「なんだその手袋は？」

「『スカンクアルファの臭《くさ》い手袋』って言ってな、気絶するほど臭いんだ。対人戦ではすげー役立つんだが、これを持っているとルーンが嫌がっちゃって困ってるわけ。特注品で金貨十枚もしたけど、ルーンに嫌われてまで装備したくないんだ。だからやるよ」

ラルフは俺に気を遣い、猫が嫌がるからなんて変な理由をつけて手袋をくれた。俺はスカンクアルファの臭い手袋を受け取ると、金貨十枚をラルフに渡す。

「わかったよ。ありがたくもらっとく。これは追加の報酬だ」

「いや、金はいいって」

「感謝の気持ちだよ。ラルフはよくやってくれてるし契約金が安すぎたしな」

「そう言われると受け取るしかねーじゃねえかよ。ありがとな。まあ、元気が出たようで良かったよ。それでさー、昨日ルーンが……」

ラルフは礼を言って金貨を懐《ふところ》にしまうと猫の話を始めた。本当にラルフは猫が好きなんだな。

俺たちは王城の扉をくぐり抜け、いつものように衛兵に声をかけた。

またもや宰相は不在らしい。他国の使節団をもてなすのに忙しいようだ。なかなか会えないな。

まあ、よく考えたら、宰相は総理大臣みたいなものだし仕方ないか。

詫びの酒を渡すだけでいいのだが、でも、これを渡すと王城に行く理由がなくなるな。そんなことを考えながら、再び城門の方に足を向ける俺たち。

「仕方ない出直すか。ラルフは先に帰ってろ」

「まあいいけどさ。ジャックはどーするの？」

不思議そうに俺を見るラルフ。理由はなんとなく言いづらいので、俺は目を逸らして誤魔化す。

「俺は王城の周りを散策してから帰るよ」

「了解。なら俺は猫屋に行ってから戻るよ。じゃあな」

「ああ、またな」

俺は手を振ってラルフと別れ、セシリアと初めて会った場所に向かった。

前回迷いまくったから逆に場所をよく覚えているんだ。そこで会えるとは限らないけど、ダメ元で足を運んでみる。

騎士の訓練所を通り過ぎ、庭園を通り抜けた先に四メートルほどの高さの壁が見えた。

俺はその壁に沿って歩いて行く。

「確かもっと東の方だったよな。あった！　あの穴だな」

後宮を守る壁なのだから穴くらい塞《ふさ》いでおけよな。それに衛兵もいない。後宮の守りはどうなっているんだろう。まあいいや。俺は穴をくぐり後宮に潜入した。

衛兵に見つかったら透明人間になればいい。そう考えると気が楽だな。一応、茂みや木の陰に隠れながら移動して行く。

突然、悲鳴が聞こえてきた。

「きゃあああっ！」

セシリアの声だ。

俺はダッシュで悲鳴の聞こえた方に向かう。

セシリアが七人の少年に囲まれていた。俺は木の陰に隠れて様子を窺《うかが》う。

二人の少年がセシリアを押さえつけて、笑みを浮かべている。

布で口を塞がれてもがくセシリアに、少年がバットを突きつけた。

あいつは前に俺がぶっ飛ばした奴だ。手に持つバットが真っ赤に燃えている。まさか、セシリアに押し付ける気かよ。

「このバットは灼熱《しゃくねつ》のスキルが付いた武器だ。この間よくわからない奴に殴られたから、そのお礼をしてやるよ。覚悟しろ」

少年たちがにやにやしながら話す。

「おいおい、そんな物を当てたら跡が残るぜ？」

「こいつは生意気にも『水の巫女《みこ》』なんだぜ」

「あ、そっか。なら大丈夫だよな！ ちょっと熱いくらいだ。我慢しろよ」

「うー！ うー！」

セシリアがうめき声を上げる。

「黙れ！ 母親を怨《うら》むんだな。身分が低いくせにいい気になるからこんな目に遭うんだよ」

もう見てられない。

俺は、透明人間の能力を発動させて姿を消す。

涙目で抵抗するセシリアの顔に少年がバットを振り下ろす寸前、木陰から飛び出した俺はミスリルの剣を引き抜き受け止める。

バットを掲げたまま動きを止めた少年を見て、隣にいた少年が急かす。

「何やってんだよ！」

「知らない！　動かない！　なんでだ！」

俺はミスリルの剣でバットを押し返す。

パニックになった少年が喚《わめ》いた隙に、股間を蹴り上げる。

少年が悲鳴を上げてバットを落とし、股間を押さえて膝をついた。さらに俺は、セシリアを押さえつけていた少年二人を殴り飛ばす。

「ぎゃあああっっ！」

「なんだよ。誰かいるぞ。この卑怯者！」

卑怯者に卑怯者と言われてカチンときた俺は、透明人間を解除して姿を現す。ミスリルの剣を一振りして鞘に収めて、指を突きつけて少年たちに怒鳴った。

「卑怯者はお前らの方だろうが！　男七人でよってたかって女の子をいじめるとはな！」

目を瞑《つむ》っていたセシリアが恐る恐る目を開く。

俺はセシリアを背に庇《かば》い、安心させるように大きく頷く。セシリアの目から涙がこぼれた。なんとか間に合ってよかったよ。

少年の一人が俺を指差して喚き散らした。

「見たことない奴だな。俺たちは王族だぞ。逆らう気か！」

「お前らが王族だと？　笑わせるなよ。王族とは民を導き守る者だ。貴様らのような下衆《げす》に王族を名乗る資格はない。違うと言うならかかって来いよ」

「下衆だと！　馬鹿にするな！」

俺が挑発すると、少年たちが激怒して向かってくる。

そうだ、ラルフからもらったスカンクアルファの臭い手袋があったな。これを使おう。

俺は、右手にスカンクアルファの臭い手袋を装備する。

さて、戦闘開始だ。

「痛めつけてやろうぜ。囲んでやっちまえ！」

なら俺は、囲まれる前にお前らを叩きのめしてやるよ。

一気に距離を詰めて、正面の少年に右の拳を叩き込むと、彼は鼻血を出しただけでなく、俺の手袋の臭さに気絶したようだ。

続いて、次の敵に向かおうとすると、パンチが飛んできた。

が、華麗にかわす。そして、二人目の鼻をぶん殴って圧《へ》し折った。その少年は五メートルほどぶっ飛んで、さっきと同じように気絶した。確かにスカンクアルファの臭い手袋は便利だな。

「よくも弟をやりやがったな！」

「兄弟そろってクズだな！　寝てろ」

「がはあああっ！」

少年の右ストレートを身を屈めて回避しながら足を払う。さらに転がった少年の鳩尾に蹴りを入れた。背後を振り返ると、少年が燃えるバットを振り上げている。隙だらけなんだよ。彼がバットを振り下ろす前に、俺の拳が少年の顔面をとらえた。

「ぎゃあああああっっ！」

「人に凶器を向けるなら、自分にも向けられる覚悟を持つがいい。そこで反省してろ」

拳がめり込み、少年が悲鳴を上げて木に激突した。

あと三人だな。俺は燃える視線で少年たちを射抜くと、彼らはそれだけで動かなくなった。恐怖に引きつる三人の少年たちに、俺はゆっくり近づく。

「ひいいいいっ！　ゆ、許してくれ」

「お前はセシリアに何をしようとしたのか覚えているのか？　甘えるな！」

「ぎゃあああああああっっ！」

「ひっ！　か、金ならやるから」

「ひいいいいっ！　ぶ、武器があるんだ。すごい強いやつだ」

「腐った金も武器もいるか！　覚悟しろ！」

「ぎゃああああああああっっ！」

俺は、少年たちの鼻に三連発で拳を叩きこんでぶっ飛ばした。

飛ばされた少年たちが宙を舞い木に引っかかる。そして、そのまま落下して泡を噴いて気絶した。

ふむ、手袋の臭いで気絶したのか、それとも俺の拳で気絶したのか、どっちだろうか。まあ些細《ささい》なことだ。

俺は、手袋を外して、ポケットに捻じ込んで振り返る。セシリアが愕然《がくぜん》としながら俺を見ていた。

「ど、どうして助けに来たの？」

「ん？　どうしてと言われてもな。助けたいから助けた、かな」

「あ、ありがと……。でもこれ以上かまわないで……大丈夫だから」

セシリアが俯《うつむ》いて、もう一度小さな声で「ありがとう」と言いながら、近づく俺を突き放した。

俺は顔を手で押さえて考えた。あんな光景見せられて大丈夫とは思えない。

「王妃様と側室とあいつら従兄弟どもに狙われているんだろ？　全然大丈夫じゃないよ」

「な、なんでそれを知ってるの？」

「昨日、王宮で、会話を聞いてたんだ。母親のために隠してたんだろ？」

「ううぅ……、だ、だって私が我慢しないと、お母さんが狙われるんだよ！　そんなの絶対に嫌だよ。それに学園に行けば後宮を出られるから、それまで我慢すればいいんだよ。だから大丈夫」

セシリアは必死に言い募る。

後宮を出られれば大丈夫か。俺と同じようなことを言うなよ。それに、大丈夫と言いながら泣かないでほしい。

「我慢しなくてもいいよ。それに我慢しても、そいつらが攻撃を止めることはない。だから俺が守ってやるよ」

「無理だよ……」

「無理じゃない。簡単だ。約束するよ。俺がセシリアを守ってやる！」

俺は、セシリアに力強く言った。

セシリアはおずおずと頭を上げて、聞き返してくる。

「本当？」

「本当だ。俺に任せておけ。まずはどんなことをされたか教えてほしい」

「毒を盛られたり、大事な物を壊されたり、刃物を持った男の人に襲われたりしたよ……」

それはいじめの領域を越えてるよ！

話の続きを聞くと、侍女や女官がドレスに細工をしたり汚したりしているのまで見たことがあるそうだ。側近まで敵だらけとは。

「王妃様に邪魔されて学園に連れていく護衛の騎士もいないし、精霊の種も、学園入学時に必要な上級の杖も手に入らなかったんだよ……。それに側室の人たちがお母さんをいじめてるのを見たんだ」

俺以上に敵が多いな。俺と同じように入学の準備が全然できないらしい。

俺は腕を組んで考え込む。まず一番大きな問題は、セシリアに護衛の騎士がいないことだな。信頼できる騎士がいればセシリアを守ってくれるはず。次に解決すべきは、王妃の命令でいじめを実行している侍女と女官だ。この二つの問題を同時に片付けてやろう。

その前に、俺はアイテムボックスからサンダーランスの種を取り出した。

「まず精霊の種だけど、サンダーランスの種でよければ、使ってくれ」

「えっ、でもそれって高いんだよね。も、もらえないよ」

「俺が守るって約束しただろ。セシリアがサンダーランスの種を食べれば、これで一つ解決だ。だから食べてくれ」

「う、うん……」

俺が強引にお願いすると、セシリアは戸惑いながらも種を食べてくれた。

「次はあいつらだな。そう言えば、水の巫女がどうとか言ってたけど？」

「水の巫女には、回復魔法のキュアヒールがあるから……」

セシリアは傷つけてもキュアヒールで回復できるという理由で、いじめが過激になっていったようだ。最低な奴らだな。あとできっちりお仕置きするとして、俺はセシリアを鑑定してみた。


＝＝＝＝＝＝＝＝＝＝＝＝＝＝＝＝＝＝＝＝＝＝＝＝＝＝＝＝

【名前】　セシリア
【ジョブ】　水の巫女（ランク1）
【スキル】　魔力上昇、知力上昇、水属性攻撃強化、詠唱省略
【魔法】　アクアストーム、キュアヒール

【精霊の加護】　サンダーランス

＝＝＝＝＝＝＝＝＝＝＝＝＝＝＝＝＝＝＝＝＝＝＝＝＝＝＝＝＝＝

水の巫女は、魔力と知力が上がるスキルと、さらに回復魔法とスキル名を唱えるだけでスキルを発動させる「詠唱省略」のスキルがついている。

それに加えて強力な「アクアストーム」の魔法と「水属性攻撃強化」があるみたいだ。それで、いじめのときに、詠唱できないよう口を塞《ふさ》がれていたのか。

俺が状況を整理しながら考え込んでいたら、セシリアがペコリと頭を下げてきた。

「あ、あの……、本当にありがとう！　えっと……、通りすがりのヒーローさん？」

「ああ、名前を教えてなかったな。スノウ子爵家嫡子ジャック・スノウだよ。ジャックでいい」

「う、うん。ジャックありがと！」

とびきりの笑顔で彼女がお礼を言った。その笑顔に、ドキドキしながら俺は大きく頷く。何か照れるな。

「とりあえず明日には、セシリアに護衛の騎士も付けてあげるし、悪い侍女たちはいなくさせる。それに従兄弟たちとは学園まで会わないで済むようにしておく」

「そ、そんなの無理だよ」

「無理じゃない。約束するよ。だから明日の昼に王城の入り口に来てくれ」

「うん、絶対に行くよ。約束だよ」

セシリアが大きく頷いてニコッと笑った。やっぱり泣いてる顔より笑っている方が可愛いな。そう思っていたら急にセシリアが大声を上げた。

「あっ！　お母さんに会いに行く途中だったんだ。また心配かけちゃうよ。ジャック、またね！」

「ああ、またな！」

慌てた様子でセシリアが走り去る。

送って行こうと思ったけど、後宮の奥の方に駆けていったから無理だよな。振り返って手を振るセシリアに、俺も大きく手を振り返した。

セシリアと別れた俺は、気絶している少年たちを引きずって集めた。

そして、ミスリルの剣で少年たちの服を斬り裂き、以前商人からもらった二週間は絶対に消えないマジックを取り出した。

「やっぱり額には、『肉』の文字がピッタリだよな。まぶたは黒く塗って腹には、『天誅《てんちゅう》』でいいか」

俺は半裸の少年たちに落書きをしていく。日本語で書いたから読めないだろうけど、十分罰になるだろう。少なくとも二週間は人前に出られないだろうし。

「お前らは恥を知らないようだし、いい機会だ。絹の服を着る資格はないが、まあパンツくらいは許してやろう。俺に感謝しろよ」

さすがに全裸にしたら、それを見なきゃいけない俺が嫌だしな。全員に書き込んで、これで問題は一つ解決だ！

それから後宮の壁の穴をくぐり抜け、王城に移動した。

壁を背に座って、アイテムボックスからノートを取り出す。紙は三十枚くらいあればいいな。ノートを破いてマジックを左手に持ち、筆跡を誤魔化して適当に、王族への「毒殺予告状」を書いていく。

「これでいいだろう。さてと仕上げに入るかな」

俺は城内に入る前に透明人間になった。

姿を消して入り口のカウンターに予告状を放り投げると、急に現れた紙に驚いた役人が大声で叫んだ。

「こ、これは……、王子様を毒殺する⁉」

「な、なんだと！　貸せ！」

役人の声に駆けつけた騎士が、予告状を奪い取って大騒ぎしている。

それを横目に、俺は階段を駆け上がる。透明人間の俺を止められる者はいない。予告状を花瓶の横に置いたり、役人のポケットに忍び込ませたりしていく。

「なんだこの紙は……、王妃様を狙うだと⁉　誰か騎士を呼べ！」

「いつの間にこんな紙が……、王子を毒殺するから食事に気を付けろ⁉」

「王女を狙う者が侍女の中にいるだと⁉　おい！　後宮に連絡して確認しろ」

セシリアは、侍女や女中から毒を盛られていたが、この毒殺予告状が広まれば、役人たちが対応してくれるようになるだろう。

セシリアに限定せずにこうした大規模な犯行予告の体《てい》をとったのは、彼女たちが居づらくなってしまうのを避けるため。それにここまでの騒動になれば、王族に護衛の騎士がつくようになるのも必須になるだろう。強引だけど、効果は絶大のはず。

最後に掲示板に近づき、マジックで大きく犯行予告を書いておいた。急に現れた文字を見てメイドが悲鳴を上げる。

「きゃあああああっ！　文字が勝手に」

「誰だ、こんなふざけた落書きをしたのは！　騎士と衛兵を呼べ！」

よし、これくらいでいいだろう。効果がなければ、さらに後宮にもばらまこう。予告状を配り終えた俺は、透明人間のまま王城を出た。

「書類の中に脅迫状が⁉　曲者《くせもの》がいるぞ！　探せ！」

「ポケットの中に告発状が……」

俺の背後で、悲鳴と怒号が聞こえた。騎士と衛兵が慌ただしく動いているらしい。

彼らには悪いがセシリアを守るためだ。ちょっとした騒ぎくらい我慢してもらおう。さてと屋敷に帰るかな。

◆　◇　◆

次の日、いそいそと屋敷を出た俺は一人で王城に向かった。

王城に入って中をのぞくと、茶色の髪の毛が揺らぐのが見えた。約束通りに来てくれたみたいだな。

セシリアは俺を見つけると笑顔で駆け寄ってきて、ぴょこんと飛び跳ねた。ちょっと興奮しているみたいだ。

「ジャック！　ごきげんよう。あのね。私に護衛の騎士が付いたんだよ。それに侍女と女官が全員入れ替わったんだ。どうやったの？」

「まあ、ちょっとした魔法だよ。従兄弟たちはどうした？」

「わからない。住んでいる場所が違うから……、でも、今日は見てないよ」

顔の落書きが消えない限り、従兄弟たちはセシリアの前に現れないだろう。いいマジックをもらったな。

俺はセシリアを促して、いつもの後宮の壁の穴の前に移動した。

移動しながら続きを聞く。

「昨日、宰相さんが来て、騎士を紹介してくれたんだ。新しい侍女と女官も信頼できるから安心してって言われたんだよ」

「それなら安心だな。あとは側室と王妃の動向が気になるな」

「よくわからないけど、何かすごく怯えてたらしいよ。王城の方で幽霊が出たからそれのせいじゃないかな。急に壁に文字が現れたんだって……怖いよね……」

そう言うとセシリアは真っ青になった。まあ、俺が掲示板に書いただけなのだが、幽霊の仕業になっているようだ。

「もしかしてセシリアは、幽霊とか苦手なのか？」

「そうだよ……。後宮から出たら冒険に出てドラゴンとか見てみたいけど、幽霊は絶対にいやだよ」

「冒険が好きなんだ？」

「うん、大好き！　外の世界に憧れてたんだ。そしたら、お父様やお母さんが冒険の本をくれたんだよ」

セシリアがはしゃぎながら冒険の話を始めた。

これが彼女の本来の姿なんだろうな。

明るくて素直で、我慢強くて幽霊が苦手。それに表情がクルクル変わって猫っぽい子だ。そう思ったのはラルフの影響かもしれないな。

俺は後宮の壁の穴の前で立ち止まってセシリアの話を聞いていた。

「あれ？　そう言えばセシリアの護衛の騎士は今、何をしているの？」

「私の上級の杖を探してくれているんだよ。なかなか見つからないみたいだけど……」

そう言うと、セシリアはしょんぼりと肩を落とした。

学園は、貴族の子弟にとって社交の場だから、装備の有無が差別につながるのだ。俺もミスリルの武器と防具を探すのに苦労したので、セシリアの不安な気持ちはよくわかる。

俺はセシリアを見つめながら、慰めるように声をかけた。

「そうか。上級の杖は俺も探してみるよ」

「えっ……、あ、あの、ジャックはどうしてそこまでしてくれるの？」

それは、俺にもよくわからないんだ。

のぞき込むようにして俺を見るセシリアの瞳が不安に揺れている。

だからこそ俺は力強く、セシリアに告げた。

「約束しただろ。これからも俺がセシリアを守るよ」

「本当にいいの？」

「本当だ！　明日の朝もこの場所に来るよ。何かあったら壁の穴にメモを置いてくれればいい。約束だ！」

「うん、約束だよ！　ジャック、ありがとう！」

元気良く頷くセシリアの笑顔が眩しい。

約束をして安心したのは俺も同じだ。この娘を放っておくのは何か嫌なんだよな。

俺はセシリアのことが知りたくて、たくさん質問をした。セシリアがクルクル表情を変えながら答えてくれる。

母親とは住んでいる場所が違うからなかなか会えないこと。

王妃と会うと凍えるような目で見られること。

兄のエドワード王子とは仲がいいこと。

セシリアは散歩が好きで、木登りが得意と聞いて驚いた。意外に活動的なんだな。

いろいろ話していたら、時間が過ぎるのも早かった。

「あっ、そろそろ戻らないと！　ジャックまたね！」

「ああ、またな！」

セシリアが慌てて走り出し、何度も振り返って手を振ってくれる。

俺もセシリアが消えるまで手を振った。

屋敷に戻ってきたとき、宰相に詫びの酒を持って行くのを忘れていたことに気が付いた。まあ、送ればいいか！

◆

◇

◆

次の日の朝、約束の場所でセシリアと会う。

冒険の本を持って行ったら、すごく喜んでくれた。二人で座って壁に寄りかかり一緒に本を読む。

セシリアの髪からいい匂いがして、肩が触れて温《ぬく》もりを感じた。

昨日より明るくなったセシリアが微笑んでくれる。いいなこれ。本を持ってきて良かったよ。

時間がきてセシリアが「またね」と言って帰るのを、俺は「またな」と返して見送った。

昼に屋敷に戻ってからは、中庭でラルフと武術の訓練をする。もっと強くなりたいからな。

本気の模擬戦を何度も行ったんだが、どうやら俺はラルフより強いらしい。ラルフが息を切らしてへたり込む。

「ちょっと休ませて！　てか、ジャックって無茶苦茶強いじゃん。俺一人で相手をするのはきついよ」

「駄目だ。俺の相手はラルフしかできないんだからな。ほら早く立て」

「なんで俺ばっかり……。そうだ！　ジャックに剣の型を教えてやるよ」

もっと実戦の相手をしてほしかったんだが仕方ないな。

でも確かに俺の戦い方は我流だったから、ラルフに型を教えてもらうことにした。こうしてラルフの指導で、日が暮れるまで武術の修行をした。

夕方は家族で夕飯を食べる。母とアンリの間に座って黙々と食べた。

母は風雷の魔法書を奪われて不安になっているのかもしれない。俺には目もくれず夢中でジグリットに話しかけている。ロイドを血眼《ちまなこ》になって追っているようだし、風雷の魔法書を取り戻すまでは俺に関わっている暇はないのだろう。

アンリとアレンは、下を向いて俺と目を合わそうともしない。精霊の加護が使えないことがわかって、俺から見下されるのを恐れているのかもしれない。

ジグリットは食事をしながら豪快に笑っているが、俺には命令のようなことしか言わない。

「ジャック、剣術もよいが、もっと勉強をしろ」

「はい、でも父上のように強くなりたいので」

「そうかそうか！　ならばもっと頑張るがいいぞ！」

なんでこんなに時間が進むのが遅いのだろう。

セシリアと一緒のときはすぐに時間が過ぎてしまうのにな。俺は食後の紅茶を飲み干すと逃げるように部屋に帰った。

夜は勉強部屋で、ラルフに大陸史を教えてもらう。

武術もそうだけど、ラルフは教え方が上手い。

途中、ミケが入れてくれた紅茶を飲みながら軽く息抜きする。ラルフがミケの耳をもふもふしながら軽い口調で聞いてくる。

「ジャック、どうしたんだよ？　今日はやる気満々じゃねーか」

「ふっ、人は守るものがあれば強くなるのだよ」

「よくわかんねーけどよかったな。でもそこ間違えてるぜ」

「……わざと間違えてラルフを試したんだよ！　で、答えはなんだ？」

今の俺の最大の敵は、大陸史かもしれないな。

地名が時代によって変わるから、苦手なんだよね。ともかく地道に片付けていくしかない。

夜遅くまで机に向かい、ひたすら勉強して一日が終わった。

朝になると、冒険の本を持って約束の場所に向かいセシリアと会う。それを一緒に読むときもあれば、頼まれて剣の型を披露するときもあった。

俺はどんどんセシリアにのめり込んでいった。セシリアが不安になると、俺は何度も約束して安心させた。

そんな生活を送っていると、すぐに学園に向かう前日になった。


今日も朝に屋敷を出て、約束の場所に行った。

セシリアに剣の型を見せてほしいと頼まれたので、俺はミスリルの剣を引き抜いて、上下左右に剣を振るい、最後に一振りして鞘に収める。

「こんな感じだな」

「すごいすごい！　私にもできるかな」

拍手をしてはしゃぎ回るセシリアの顔に暗さはない。

従兄弟たちは部屋に閉じこもって震えているらしい。また、護衛の騎士が付いたおかげで、いじめはなくなったようだ。

ただし、上級の杖がまだ手に入っていない。俺も探したが、どうやら王妃が買い占めているらしいのだ。

俺は大きく頷いてセシリアに笑いかけた。

「練習すれば誰にでもできるよ」

「本当！　なら頑張ってみるよ！　ドラゴンを倒せるくらい強くなってお母さんを守るんだ！」

「そうか。もうセシリアは大丈夫だな！」

「えっ……」

え？　変なことを言ったかな。さっきまで元気一杯だったセシリアが、急に自分の体を抱きしめるようにして下を向いた。しょんぼり肩を落として小刻みに震えている。

こんなパターンは想定していなかった。どうすればいいのか対応に困っていると、セシリアが抱き付いてきた。

「……大丈夫じゃないもん……」

「え？」

「ひぐっ……、大丈夫じゃないもん……。だから……、ひぐっ、うっえぇぇ〜ん」

急に泣き出したセシリアの頭を、戸惑いながらもよしよしと撫でてやる。そしてふと気付いた。

ああそうか、学園に行けば、母親と離れ離れになってしまうのだ。

いじめられていたから後宮を出たかっただけで、一人ぼっちになるのが怖いのだろう。学園で友達ができるか不安だろうしな。俺が守ってくれなくなるとでも思ったのかな。それは絶対にありえない。

俺は意を決して、セシリアを力強く抱きしめた。

「大丈夫だよ。俺はずっとそばにいるし、いつだって君を守るよ」

「ずっと……、ひぐっ、ずっとそばにいてくれる……、の……」

「ああ、約束だ……」

俺がセシリアの澄んだ空のような瞳を見つめると、セシリアは真っ赤になって目を閉じた。

勢いに任せて、セシリアの唇に軽く口付けする。

そして、唇をそっと離す。なんだか照れるな。でも最高の気分だぜ！　顔を真っ赤にして下を向いていたセシリアが、顔を上げてとびきりの笑顔を見せてくれた。

「ジャック、大好きだよ！」

照れながら小さな声で俺も「好きだよ」と告げると、セシリアは何度も頷く。セシリアの顔が涙で濡れていたので、俺はポケットからハンカチを取り出して拭《ぬぐ》ってあげた。

俺に守るべき恋人ができた。彼女を守るためにももっと強くならないとな！

第7話　仮面の奴は大抵、正体バレバレな件

自室に戻った俺は、学園入学のために必要なアイテムの最終チェックをした。

まず、ミスリルの剣と盾と鎧を確認していく。

ちなみにミスリルの鎧は、籠手《こて》やブーツを含む一式セットで頭のパーツはない。これがガルハンでは一般的な鎧の仕様で、頭装備があるのはフルアーマーと呼ばれる。

なお武器防具以外に、ジョブ一つにつき、「アクセサリー」と「魔法書」と「紋章」が一つずつ装備できる。

俺はジョブを二つ持っているので、それぞれ二つずつだ。

今、俺が持っているアクセサリーは、スカンクアルファの臭い手袋だけだから、いずれそろえようと思う。魔法書は、風雷の魔法書が装備できるけど、これはセシリアに贈るつもりだ。この風雷の魔法書なら、上級の杖の代わりになるからな。紋章は持っていないから学園で探そう。

ポーションと解毒薬が二十個ずつあるのを確認して、アイテムボックスに放り込む。続いて、銀の食器、教本、竹刀、ノート、マジック、ペン、布団、マクラ、カーテン、服、本などを入れ、よ

うやく準備を完了させた。

今日はもう、明日に備えて早めに寝るとするか。


そして翌朝、俺は荷物を手に、屋敷の門に向かった。

学園は、全生徒に専属の騎士を持つことを許可し、さらに貴族には、執事と従者を持つことを認めていた。しかし、俺は執事のジルを連れていく気がない。従えるのは、ラルフとミケだけだ。

門前には三台の馬車が並んでいて、その手前にラルフとミケが待機していた。

俺は二人に駆け寄って挨拶し、馬車の方を見る。

ジグリットが仁王立ちしており、その横に母親がいた。俺の横には、いつの間にかアンリとアレンが来ている。

ジグリットが両手を広げて大声で告げた。

「我が息子たちよ！　学園で武術と勉強に励み、スノウ子爵家に相応しい騎士となるのだ！」

息子を代表して、俺が返答する。

「スノウ子爵家嫡子ジャック・スノウ！　スノウ家の名に恥じぬ立派な騎士となるべく、修行に励みます！」

「うむ、息子たちよ！　大きくなって帰ってこい！」

「はっ！」

大きく頷いたジグリットの横で母親の目は笑っていなかった。演技が下手だな。俺が兄弟の代表なのが気に食わないんだろう。

俺が最初に馬車に乗ると、母親がアンリに駆け寄った。実の息子の俺は無視したくせに、腹違いの兄のことは心配なようだ。

ラルフとミケが乗り込むと、馬車が動き始めた。

「これでやっと家を出られたな。ラルフ、これからも頼むぞ」

「ああ、任せとけって！」

「ミケもラルフの世話を頼んだぞ」

「はい！　頑張ります！」

ラルフとミケが目を見合わせ笑った。一人で学園に行かなくて済んだのは大きいぜ。

馬車から外を見ると、屋敷が視界から消えていった。

騎士学校は、王都の中心部から馬車で一時間ほどの距離にある。同じ敷地内には魔法学校があり、騎士学校と合わせて学園と呼ばれていた。

しばらく馬車で進んでいくと、周囲を高い壁に囲まれた学園が見えてきた。

入り口にいた案内係が、寮の場所を教えてくれたので、そのまま馬車で寮に向かう。

寮は男女が分かれており、騎士の宿泊施設も併設されていた。男子寮は四棟あり、四階建ての巨大な建造物だった。

俺と、アンリとアレンとは別の建物の寮のようだ。これでクラスまで別だったら、学園生活で二人の顔を見なくて済むな。

俺は、ラルフとも別れて寮に入った。

俺の部屋は二階の端だった。部屋には、勉強部屋、寝室、風呂、トイレ、ミニキッチン、机、椅子、ベッド、本棚、食器棚、タンスが備えつけられていた。

俺はアイテムボックスから荷物を取り出して一息ついた。これで引っ越し終了だ。紅茶を入れてくつろぎながら、ラルフが来るのを待つ。

ラルフとミケは、騎士用の宿泊施設で引っ越し作業をすることになっていた。しばらくしてラルフが現れたので、尋ねてみた。

「騎士の宿泊施設はどんな感じだった？」

「さすがはガリア王国だ、きれいなもんだよな。ヴィクトリア帝国の騎士学校は古くてボロかったのに」

「そこは伝統があるって言ってやれよ。そういえばラルフは皇女の騎士だったんだよな」

「そうだよ。あの皇女様ってここに留学してくるんだったっけー。会いたくねーよ……」

ヴィクトリア帝国は、大陸の北半分を支配する人族だけの巨大国家である。ヴィクトリア帝国とガリア王国とは和平条約を結んでいるので、こうした留学制度があった。

その皇女の名は、フィリス。ガルハンのヒロインである。

原作でフィリスは、ラルフに絡むイベントで、ガルハンの主人公と出会うことになっている。かなりキツイ性格で「決闘！」が口癖の厄介な女の子だ。

俺はアイテムボックスから、風雷の魔法書を取り出してラルフに渡した。ラルフにセシリアへ届けさせるのが安全だと考えたのだ。

「留学生が来るのは明日だから、今日はフィリスに会う心配はない。だから安心してセシリアに魔法書を届けてくれ。絶対に落とすなよ」

「わかってるって。ジャックは心配症なんだよ」

「さっさと行け。俺は他に用があるんだ」

本格的に学園生活に入る前に、ガルハンの主人公を確認しておきたいのだ。

主人公の名前はクレイ。彼とその騎士を見ておきたい。騎士がラルフ以上の実力者だと困るからな。

ラルフを使いに出して寮を出ると、俺は物陰に隠れてクレイが来るのを待った。

しばらくして、寮の入り口にクレイが現れた。黒髪黒目のイケメンである。彼は汗だくになって両手に荷物を持っていた。

俺は物陰からクレイを鑑定してみる。

＝＝＝＝＝＝＝＝＝＝＝＝＝＝＝＝＝＝＝＝＝＝＝＝＝＝＝＝＝＝＝＝＝

=============================

【名前】　クレイ
【ジョブ】　傭兵《ようへい》（ランク1）
【スキル】　剣術、短剣術、投擲術《とうてき》
【精霊の加護】　なし

=============================

クレイは原作と同じジョブを持っているな。

傭兵は、「剣術」と「短剣術」の二つの武器術を持つジョブだ。こうした武器術は該当する武器を装備すると攻撃力が上昇する。

「投擲術」は攻撃アイテムや回復アイテムを投げたときの効果を上げるスキルである。

あれ？　クレイの後ろに痩せた男が息を乱して荷物を運んでいる。

たぶん彼の騎士だろうけど……、俺の知っている男のような気がする。メタリックな仮面をして周囲の目を誤魔化しているが、まさかね。

そう思いながら鑑定してみた。

=============================

【名前】　ロイド

【ジョブ】　執事（ランク7）
【スキル】　短剣術、知力上昇、アイテムポーチ
【魔法】　シャワー
【精霊の加護】　なし
＝＝＝＝＝＝＝＝＝＝＝＝＝＝＝＝＝＝＝＝＝＝＝＝＝＝＝＝＝＝＝＝＝＝＝＝

うん、ロイドだ。

執事のジョブは、「短剣術」があるから戦えなくもない。

「アイテムポーチ」はランク7だと、七十種類のアイテムをそれぞれ七十個持つことができるはず。

「シャワー」は手から水を出す生活魔法である。

さらに、仮面を鑑定しておく。

＝＝＝＝＝＝＝＝＝＝＝＝＝＝＝＝＝＝＝＝＝＝＝＝＝＝＝＝＝＝＝＝＝＝＝＝
【アイテム名】　呪いの銀仮面
【説明】　仮面を外せない呪いを受ける。その代わりに自分のランク以下による「鑑定」を無効化する効果があるアクセサリー。
＝＝＝＝＝＝＝＝＝＝＝＝＝＝＝＝＝＝＝＝＝＝＝＝＝＝＝＝＝＝＝＝＝＝＝＝

さすが切れ者だけあって考えたものだ。

騎士服を着けて学園に紛れ込み、銀仮面で顔とステータスを隠す。学園は国家から保護されているので捜索されることもない。頭いいな。

しかし俺が鑑定スキルを持っていることを知らなかったのが運の尽きだな。しばらくして寮から出てきたロイドに俺は声をかけてみた。

「おい！　そこのお前、ロイドではないか？」

仮面の男は、ぎくりとして振り返る。

「い、いいえ、人違いかと。わ、私は騎士ロベルト・カルロスです」

めちゃくちゃな偽名を言ってきたよ。えっとな。ロイドよ、声でわかるんだけどさ。

でも、ロイドを油断させるため、俺は騙された振りをした。

「そうだったか。すまないな。後ろ姿が似ていたので。まあ、ロイドがここにいるはずもない」

「では失礼いたします」

ロイドは早足で騎士の宿泊所に逃げ込んでいった。

しかし予想外の展開だな。ロイドが主人公の騎士だとは……。

ともかく今は様子を見ておくか。

そう思って部屋に戻って、ひとまずラルフの帰りを待った。

しばらくして、ラルフがドアをノックして入ってくる。

「姫さんに会ってきたよ。魔法書を渡したら喜んでたぜ。これでいいんだろ？」

「一応確認しておくが、トラブルはなかったよな？」

「信用ねーな。なかったよ。そろそろ、聖堂に集まる時間じゃね」

「ああ、行ってくる。ほら、ルーンの餌代だ、魚でも買ってあげてくれ」

「サンキュー！　ジャックって最高の主だな！」

学園は内陸にあるので魚は高級品だ。ルーンは人よりいい物を食っているよな。

とはいえ、まだちょっとだけ時間がある。少し学園を見て回ろう。

校舎を通り抜けて中庭に行くと、一人の女子生徒を三人の男たちがいじめていた。どこにでもいじめはあるもんだな。殴られている女子生徒がセシリアと重なって見えた。

「この役立たずが！　お前なんか学園を辞めちまえ！」

「きゃあっ！」

弱い者いじめとは許せんな。

俺はスカンクアルファの臭い手袋を右手にはめて、いじめっ子の肩に手をかけた。

「おい！」

「あ？　誰だお前！」

「通りすがりの新入生だよ！　成敗《せいばい》！」

俺は振り返った男子生徒の鼻を思い切りぶん殴る。

「ぎゃあああああっ！」

壁にめり込んで男子生徒は気絶した。

ふむ、ちょっとやり過ぎたか。まあいいや。俺を見て顔色を変えた仲間たちが叫ぶ。

「こ、こいつは商人をつぶしまくった極悪非道のスノウの嫡子だ！」

「誰が極悪非道だよ！　それはいじめをしていたお前らの方だろ！　歯を食いしばれ！」

「ぎゃあああああああっっ！」

男子生徒の鼻に右ストレートを叩き付けると二十メートルほど地面を転がり気絶した。

殴って気絶させているから、この手袋はいらないかもしれないな。まあいいか。

真っ青になってガタガタ震えている最後の一人の肩に手を置いた。

「覚悟はいいか？　歯を食いしばれよ！」

「は、鼻をぶん殴るのに歯を食いしばる必要はないだろ……。や、やめろおおっ！」

「俺に突っ込むなんて百年早い！」

俺は腕を大きく振りかぶって、右のアッパーカットを男子生徒の顎《あご》に叩きつける。

「ぐがああああああああっっ！」

「ふっ、だから歯を食いしばれと教えてやったのにな」

宙を舞った男子生徒が校舎の屋上に落下して消えていった。まあ、死ぬことはないだろう……、たぶん。

三人のいじめっ子を追い払った俺は、震える女生徒に手を差し伸べる。

「もう大丈夫だよ！」

「ひいいっ！　こっ来ないでええええええっ！」

「へ？　なんで？」

女子生徒は泣きながら走り去っていった。

俺ってそんなに怖いのかな……、ちょっと傷ついたよ……。はっ！　いつの間にか中庭に生徒が集まっていた。俺を指差してこそこそ話しているよ。

「あ、あれってスノウ家の嫡子だよ」

「あの極悪魔王って噂の!?」

いやいや、極悪非道の間違いだろと思ったが、それも間違いだよな。俺はいじめっ子を成敗しただけなんだってば！

「間違いねーよ。上級生を三人も瞬殺なんて……」

「ひいっ、極悪魔王がこっち見たわよ」

「きゃあああっ！　は、早く行こうよ」

俺が言い訳をしようと口を開けた瞬間、あっと言う間に中庭から人が消えてしまった。

なんでだああああっ！

まあいい。いや、全然よくないけど、そろそろ聖堂の方に行かないと遅れてしまう。誤解はあとで解こう。

しかし、噂が広まるのは早かった。

今日はジョブと精霊の加護を調べる予定になっている。聖堂に入ると、俺を見るなり、ほとんどの学生が顔を背《そむ》けた。

「極悪魔王のスノウの嫡子ってアイツだよな？」

「馬鹿、目を合わせるな。つぶされるぞ」

「もう、上級生を三人もつぶしたんだってさ」

うーん、俺は嫌われ者には変わりないけど、馬鹿にされる存在から恐怖の魔王にクラスチェンジしたみたいだな。

って全然、嬉しくないわ！

俺の番が来て個室に入ると、教師が水晶に手を当てるように促す。これはステータスの確認作業で、最初に調べてクラスを分けるのだ。

クラスは、S、A、B、C、D、E、Fの順で七つある。

一応、身分や能力でクラス分けされているはずなのだが、徹底されてはいないらしい。

先生が俺のステータスを読み取り、紙に書き込んでいく。

「ジョブがスライムナイツ。精霊の加護が透明人間。ＳＰが５８０、ＭＰが６０だね。ん？　透明人間？」

「そうですよ。消えることができるんです」

そう言って俺が透明人間になると、先生は驚いて飛び上がった。

「ほ、本当に消えた⁉　わ、わかった、もういいよ。番号札を持って施設に行くように」

「はい。わかりました」

俺は透明人間を解除して室内練習場に向かった。ドーム状の巨大な室内練習場の入り口で、生徒手帳とダンジョン許可証をもらう。

ここでは、クラスの発表が行われることになっていた。なお王族は自室でクラスを伝えられるからセシリアはいない。

騎士学校だけで三百人くらいの生徒がいるから、時間がかかるんだよね。

俺は他の生徒から痛々しい視線を浴びながら、にこやかな笑みを浮かべて壁際に立っていた。クラス発表の前に、学園長の挨拶があるらしい。

禿げた小太りの男が高台に上がると、ゆっくりと話し始めた。

「王国騎士学校、魔法学校に入学おめでとうございます。この学園は、国の将来を担う人材育成の場であり、諸君は優秀であると確信しております……」

って、聞いていたが、学園長、話が長いよ！　こっちは立ちっ放しなんだから早く終われよな。

「……諸君も先輩方に続くように一生懸命、努力しなければいけません。以上、挨拶を終わります」

学園長が台から下りると、ようやく後ろの壁にクラス表が張り出された。

さっそく見に行くと、俺はAクラスで、セシリアもAクラスだった。これで、ダンジョンの合同実習で週に一度はセシリアに会える。アニメでは、ジャックと主人公は一番下のFクラスだったが、この変化がどう影響するかわからないな。

ちなみにSクラスは、王子たちと公爵、侯爵、伯爵などの高位の貴族で占められていた。Sクラスは高い身分の学生の社交の場らしい。

「あああっ、俺、Fクラスだよ」

「俺もだよ。最悪だよな……」

おおっ、あいつはアニメで俺の取り巻きだったデニスとジョニーじゃないか。

アニメの展開通りに友達になっておこうと俺が近寄ると、二人は下を向いて去っていった。改めて俺には友達がいないと気付いたよ。

いや、わかってはいたが、現実的に理解すると悲しくなるな。

これで俺はアニメ以上のボッチ展開が確定したかもしれない……。いや、弱気になるな！　まずは、クラスで友達を作ろう！

第8話　ボッチボッチ

学園では、午前中は座学、午後は実習と決まっている。

ちなみに初日の午前は、他国からの留学生の入学式となっているので、最初の授業からいきなり演習場で模擬訓練となった。

俺は学園の制服の上にミスリルの鎧を装備した。学園の制服は男子は黒のズボンに白いカッターで女子は水色のセーラー服。制服の着用は義務ではないが、他の服を選ぶのが面倒なのでこれでいいだろう。

装備を整え、いざ出陣。

ちなみにラルフには猫を持ち運ぶための容れ物を買いに行かせてある。学園でも売っているのだが、学園初月にラルフが皇女と会ってしまうという原作のフラグをつぶしておいたのである。

演習場は、二メートルほどの高さの土壁で囲まれ、スキル攻撃の練習用に土が盛られた場所が四か所ある。仁王立ちで竹刀を持って立っているのはＡクラスの担任、バダン先生である。

皆は竹刀を片手にはしゃいでいるな、と思ったら、俺を見るなり静かになった。噂だけでビビんなよ。

そんな奴らの中に、主人公の仲間、カインがいた。茶髪のメガネキャラで細マッチョ、ジョブはアクスナイトで、ラッセル子爵家の嫡子。人をあざける嫌な奴だった。

カインが取り巻きに囲まれながら、チッと舌打ちをして俺を睨んでいる。

クラスの奴らはほとんどカインに取り込まれたみたいだな。俺とは目を合わそうとさえしてくれない。

「おーし、集まったな。さっそくペアを組んでくれ」

えー！　先生、空気読めよ！　俺ぼっちなのに！

みんながそそくさとペアになっていく。余っている生徒はいるのかな？　いなかったら、バダン先生に向かってスラッシュをぶっ放してやるからな！

俺を避けながら四方に散っていくクラスメイトたち。

「このあとのダンジョン実習はそのペアで挑んでもらうからな！」

バダン先生、そんなに俺に殺されたいのか？　よしわかった、透明人間になって後ろから一刀両断にしてくれる！

そう考えながらもチラッと周囲を見回して、仲間探しを続ける健気《けなげ》な俺。

俺と組みたい方はいませんかね……。へーみんな友達いるんだ。羨ましいな。もうボッチでもいいや……、俺にはセシリアがいるもんね！

「ジャック様、僕と組んでいただけませんか？　僕はルッツです」

俺が振り返ると、そこには金髪で澄んだ青い瞳を持つ美少年が立っていた。おー、心の友よ！

「なんだか怖がられているみたいで困ってたんだ。変な噂が立ってるみたいで」

俺は満面の笑みでうなずく。ルッツはホッとしたようだった。俺、怖くないよ。優しいから安心してくれ。

「そうだったんですか。よろしくお願いします」

「でも、ルッツは俺と組んでいいのか？　俺としては嬉しいし、できれば友達になってほしいんだが……」

「僕でいいなら喜んで。実は先生に言われたんです。僕だけが精霊の加護を持ってないって……」

そうか、確かにそれじゃあ避けられるかもな。でも、俺の側にいれば少なくともいじめられることはないぜ！　ボッチはボッチを呼び寄せたようだ！

さらに聞けば、ルッツと俺は同じ寮らしい。それなら昨日、声をかけてくれよ。俺は心の中で泣きながら一人寂しく食堂で食べてたんだぜ……。

ともかく、こんな出会いをくれたバダン先生には感謝だな。俺が孤立していることをわかってくれてたのかもしれない。あとで先生に高級ワインでもプレゼントしてあげよう！

そんなことを考えながら、俺は上機嫌でルッツと話し続けた。

「で、ルッツのジョブってなんだ？」

「僕はシルバーナイトです。ジャック様のジョブは？」

「笑うなよ。スライムナイツだ」

「笑いませんけど、確かレアなジョブですよね」

ルッツは本当にいい奴だな。さっそくルッツを鑑定してみよう。


＝＝＝＝＝＝＝＝＝＝＝＝＝＝＝＝＝＝＝＝＝＝＝＝＝＝＝＝＝

【名前】　ルッツ・ウェバー
【ジョブ】　シルバーナイト（ランク1）
【スキル】　槍術、速度上昇、器用上昇、攻撃力上昇、騎乗、詠唱省略、ストライクランス
【精霊の加護】　なし

＝＝＝＝＝＝＝＝＝＝＝＝＝＝＝＝＝＝＝＝＝＝＝＝＝＝＝＝＝

「シルバーナイト」は「ランスナイト」の上位職で、槍で戦うジョブである。速度と器用さと攻撃力が上昇するスキルを持つ優秀なジョブだな。「ストライクランス」はＳＰを消費して放つスキル攻撃だ。

ふと気づくと、生徒たちは演習場の端に集まって何やら話し合っている。

「二人組になってこれからどうするんだ？」

「今日はペアを決めて打ち合わせが済んだら、すぐにダンジョンに行きます」

「えっ？　模擬訓練とかしないのか？」

「ないです。騎士学校の生徒は剣術を家で習いますから。点呼が終わったら、先生の転移石でここからダンジョンに飛びます。そして日が沈むまで探索して、あらかじめ配られていた帰還石を使ってダンジョンを出るんですよ」

ダンジョンには、学生は入り口から入れないらしい。学生が勝手に挑んでしまうのを防ぐための措置《そち》みたいだ。なお、学生が日が暮れても帰ってこなかったら、入り口の詰所にいる騎士団が捜索しに来てくれるらしい。

ルッツは俺より情報を持っていた。

「よく知っているな。俺はそんなこと知らなかったよ」

「僕は兄さんから聞きました。兄は去年の卒業生ですから。僕の騎士を務めてくれることになっているんです。あっ来ました。あの黒い鎧の騎士が兄のザックです」

「……！」

やってきたのは、盾を背負った真っ黒なフルアーマーの騎士だった。その後ろには、俺の騎士のラルフも来ている。

ルッツの話では、あまりお金のない家では、彼らのように家族の者が騎士を務める場合が多いらしい。

「兄は無口ですが、よろしくお願いします」

「ザック、よろしくな！　これが俺の騎士ラルフだ。軽い男だがよろしく頼むよ」

「別に軽くはねーと思うけどなー。よろしくな！」

俺はラルフを紹介したあと、ザックとルッツの装備を観察した。

ザックは、黒鉱石《こくこうせき》のフルアーマー。初めて見たな。

一方、ルッツは白鉱石《はくこうせき》の籠手に青鉱石《せいこうせき》のブーツとアーマー。手には、赤鉱石《せきこうせき》の槍を装備していた。

原作ゲームでは、鎧は一式装備のはずだったが、違う色の武具を組み合わせて装備できるのか。ゲームと現実は違うってことだな。

ちなみに色鉱石の武具は、色によって特徴がある。

黒鉱石は、攻撃力と防御力が高くなるが、すごく重い。重すぎるので装備する人が少なく値段は安い。白鉱石は、攻撃力と防御力が低いが、すごく軽い。よく女性が装備している。赤鉱石は、武器だと攻撃力が高いが、防具だと防御力が低い。青鉱石は、逆に武器だと攻撃力が低く、防具だと高くなる。

ルッツは、色鉱石を実用的に組み合わせて装備しているようだ。

ザックの黒鉱石の鎧は、オリハルコン並みの防御力だが、普通の人なら重すぎて動けないはず。

俺はザックを鑑定してみた。

＝＝＝＝＝＝＝＝＝＝＝＝＝＝＝＝＝＝＝＝＝＝＝＝＝＝＝＝＝＝＝＝

【名前】 ザック・ウェバー

【ジョブ】 ジェネラルナイト（ランク5）

【スキル】 剣術、盾術、ＨＰ上昇、守備力大上昇、詠唱省略、大盾術、騎乗、ノックバック

【精霊の加護】 なし

＝＝＝＝＝＝＝＝＝＝＝＝＝＝＝＝＝＝＝＝＝＝＝＝＝＝＝＝＝＝＝＝

「ジェネラルナイト」は「シールドナイト」の上位職で、「盾術」と「大盾術」を持つ盾の騎士だ。「盾術」「大盾術」のスキルを持っていると、ジョブランクが上がるごとに、盾の防御力が上昇する。さらに盾で攻撃する場合、防御力がそのまま攻撃力にもなる。使いこなせれば盾は攻防一体の強力な武器になるのだ。

さらにＨＰと守備力が上がるスキルを持ち、敵を必ず後退させ、硬直させるスキル攻撃「ノックバック」を持つ。ただ、筋力とか身体能力を上げるスキルはないな。それにもかかわらず、黒鉱石のフルアーマーを着て動けるんだ。すごいとしか言いようがないよ。

俺が感心していたら、ルッツがスキル攻撃を確認したいと提案してきた。スキル攻撃とはＳＰを消費して放つ攻撃技のことである。

「まずは僕からいきますね。ストライクランス！」

ルッツが赤鉱石の槍を構えて鋭く突き出す。すると、槍先に風がまとわりつき風の弾丸となって発射された。風の弾丸は盛られた土にぶち当たり、その場所が大きく抉《えぐ》れた。威力が高そうな攻撃だな。

よし、次は俺だ！　俺はミスリルの剣を引き抜いた。

「スラッシュ！」

一応、みんなに教えるためにスキル名を叫び、剣を横一閃に薙ぎ払う。剣の軌道で風の刃が放たれ、盛られた土が大きく切り裂かれた。

「攻撃範囲が広そうですね」

「どうも。ストライクランスは貫通力が高そうだな。さてと次は、一刀両断を試そう」

「スライムナイツはスキル攻撃が二つもあるんですか⁉」

「まあな、一刀両断！」

ミスリルの剣が光をまとい鉄の杭を切り落とした。

ルッツが驚いて叫ぶ。

「す、すごい威力ですね」

「まあ、クリティカルの三倍の威力の攻撃だからな」

俺も一刀両断の切れ味に驚いたよ。次はザックが盾を構えて鉄の杭の前に立った。

「ノックバック！」

ザックの声が響き渡り、黒鉱石の盾が黒い光を帯びて輝く。そのまま盾を叩き付けると鉄の杭がぶっ飛んだ。鉄の杭は地面に深く埋められているのに……。

ラルフが口笛を吹いてザックを称賛した。

「俺と同じノックバックのスキル攻撃か。いい一撃じゃねーか！」

「……！」

ラルフに褒められたザックが後頭部に手を当てて照れている。無口なザックだが、スキル攻撃のときは言葉を発するみたいだな。

「次はラルフの番だな」

「俺はいいよ。ザックと同じスキル攻撃だしな」

こうしてスキル攻撃の確認は終了した。

俺たちの前にバダン先生が現れ、パーティ登録をしてくれた。そして帰還石と腕時計を渡してくる。帰還石はピンポン玉くらいの大きさの丸い石で、「エスケープ」と念じればダンジョンから出られるらしい。腕時計は日が暮れると音が鳴るアラームだ。

バダン先生が俺たちに威厳をもって告げる。

「ジャック、ルッツ、用意はいいか？　二階のＢブロック３３に飛ばす」

「はい」

「はい」

バダン先生は俺たちの返事にうなずくと、Ｂ４ノートくらいの石板を取り出して、ブツブツつぶやいた。すると地面に魔法陣が現れ、視界が暗転する。

気付くと俺たちは、ダンジョン内部に瞬間移動していた。俺たちが飛ばされてきたダンジョンは地下二階。典型的なダンジョン構造の「迷宮型」で、モンスターのランク1だ。

ラルフが地図を確認している。

「よしわかったぜ。どっちに行く？」

内部は思ったより広く、天井は五メートルくらいあるんじゃないかな。

俺が真ん中で右にラルフ、左にザック、後ろにルッツという陣形が自然にできた。さっそく敵と出会った。ゴブリンが三匹。手にはメイスを持っていた。

ゴブリンのスイングを難なくかわし、カウンターで剣を突き入れたらあっさり倒せた。三匹のゴブリンが光となって消え、コインが三枚残る。

「ゴブリンのモンスターコイン？　これって何に使うんだ？」

俺はコインを拾って首を傾げた。ラルフが俺の問いに答える。

「コインは装備の合成に使うんだよ。このあたりのモンスターはコインしか落とさない。それを先生に渡すんだってさ。モンスターコインが討伐実績ってわけよ」

「なるほどね」

次の敵はスライムだった。一撃で消える。よわっ！　こんな風に、いろいろ探索を続けていたのだが、さっきから敵がゴブリンとスライムばっかりなんだけど……。

「まあ、フル武装のナイトが四人もいりゃあ地下二階なんてピクニックみたいなもんだぜ。またスライムかよ」

そう馬鹿にするのはラルフ。

「スライムを馬鹿にするな！　俺は経験値が入るから嬉しいけどな」

そうそう、俺にとってスライムは貴重な経験値になるのだ。敵は最大で六匹編成にもなったが、ランク1のモンスターなので、全然楽勝だった。

「弱すぎて欠伸が出るぜ」

「ラルフ、油断するなよ。スキルモンスターが出てくるかもしれないからな」

スキルモンスターとは、その名の通りスキルを持ったモンスターのこと。ダンジョンで死亡する最大の原因と言われる強いモンスターだ。まあ、滅多に現れないけどね。このスキルモンスターを倒すと「精霊の種」が手に入る。

……あああっ！　スキルモンスターは、この最初のダンジョンイベントで現れるんだった！

原作で主人公クレイは学園初日に誰ともパーティを組んでもらえず、専属騎士のラルフと二人ダンジョンに入り、スキルモンスター二匹に襲われて撃退。そこで精霊の種を得るのだ。

ちなみにクレイは、ラルフを囮《おとり》にして捨て値で買った不発弾ボムを投げつけて勝つんだけど、今のクレイの騎士はロイド。ラルフなら不発弾ボムにも耐えられるが、ロイドでは無理だろうな。敵は確か……。

「どけ！　どけ！　どけえええええええっっ！」

「うわっと、なんだあいつら？」

曲がり角から現れた血塗《ちまみ》れのクレイとロイドが俺たちを押し退《の》けて去っていく。

その後ろからやってきたのは、銀の毛をまとったワーウルフと巨大な斧を持つオークアクス。

って、あいつら、俺たちにモンスタートレインしやがった！

第9話　トレイン&777

すかさず俺は、鑑定を発動させてモンスターのステータスをチェックする。

＝＝＝＝＝＝＝＝＝＝＝＝＝＝＝＝＝＝＝＝＝＝＝＝＝＝＝＝

【モンスター名】　ワーウルフ（ランク1）

【スキル】　スピードスター

＝＝＝＝＝＝＝＝＝＝＝＝＝＝＝＝＝＝＝＝＝＝＝＝＝＝＝＝

＝＝＝＝＝＝＝＝＝＝＝＝＝＝＝＝＝＝＝＝＝＝＝＝＝＝＝＝＝＝＝

【モンスター名】　オークアクス（ランク1）

【スキル】　パワーアシスト

＝＝＝＝＝＝＝＝＝＝＝＝＝＝＝＝＝＝＝＝＝＝＝＝＝＝＝＝＝＝＝

「スピードスター」は速度が、「パワーアシスト」は力が強化されるスキルだな。スキルモンスターはランク1でも強敵で、恐ろしいほどの戦闘能力を持つ。二体同時の戦闘は避けるべきだ。

俺は、ラルフ、ルッツ、ザックに命令した。

「撤退する！　走れ！」

「了解だ。スキルモンスターのモンスタートレインなんてマジで最低な奴らだぜ」

「了解です。滅多に現れないスキルモンスターが二体も……」

「……！」

ちなみにモンスタートレインとは、逃げているパーティの後ろを、続々とモンスターが追いかけるさまのこと。電車ごっこに見立ててそう呼ばれている。モンスターに戦闘を挑んで逃げ、多くのモンスターを引き付け、そこから範囲魔法で一気に敵を殲滅《せんめつ》し効率よく経験値を稼ぐテクニックとして使われることも、引き付けた敵を他人に擦《なす》り付ける悪質な嫌がらせとして使われることもある。

こうして俺たちも、クレイとロイドを追いかけるように逃走することになった。

背後からワーウルフとオークアクスが猛追してくる。結構、スピードがあるな。前を走るクレイが急に消えた。帰還石を使って帰ったのか。その手があったか！　さっそく俺も真似して、懐から帰還石を取り出して「エスケープ」と念じる。

「あ、あれ？　この帰還石おかしくないか？　帰れないぞ」

「帰還石はモンスターと戦闘状態のときは発動しねーんだよ！」

「ラルフ、それを早く言ってくれ！」

振り切るしかないな。

ダンジョンの通路を走っていると前方に四体のスライムが現れた。七十センチくらいの球体のスライムだ。戦っている間に追いつかれるな。仕方ない。

「ジャンプしてスライムを跳び越える。行くぞ！」

「マジで⁉」

「倒してる暇はない。とう！」

俺とルッツは軽やかにスライムを跳び越した。

ラルフもなんとか飛び越えたけど、ザックはフルアーマーの黒鉱石の鎧が重いから無理かもしれない。そう思ったらザックは盾を構えて突進しスライムの一体を撥《は》ね飛ばした。スライムがダンジョンの壁にぶち当たって消える。やるな！

さすがにこれで振り切れただろうと思って背後を振り返ると、ラルフが叫んだ。

「マジかよ⁉　あいつらもジャンプして跳び越えやがった⁉」

「驚いている場合か！　ラルフ、脚を動かせ！」

「ホントにしつこいですね」

ワーウルフとオークアクスが俺たちとの距離を詰める。

慌てて逃げる俺たちの前にまたもや球体のスライムが現れた。

「誰だよ！　欠伸が出るなんて言った奴は！」

「お前だよラルフ！　飛ぶぞ！」

「また、命懸けのジャンプかよ！　とう！」

俺たち三人がスライムを跳び越し、ザックが突進。もちろんワーウルフとオークアクスも跳び越えてくる。

また四体のスライムが俺たちの行く手を阻んだ。それを華麗に跳び越える。さらに四体のスライムが現れ、華麗に跳び越える。ワーウルフとオークアクスも跳び越えて俺たちに向かってくる。異世界で命懸けの障害物競走かよ！

「あのスキルモンスターはどこまで追いかけてくる気だ」

「諦めてくれませんね」

「俺はちょっとヤベーかも……。また、スライムかよ！　とう！」

俺とルッツは華麗に跳び越えたが、ラルフの前にいたスライムだけぽよ～んとジャンプし、足を取られてラルフが転がる。不運な奴だな。

俺は立ち止まって振り返った。

「なんで俺だけ!?　ジャック助けてくれえええええっ！」

「チッ、みんな止まれ。ラルフを助けるぞ」

「了解です。やりましょう！」

「……！」

跳ね起きたラルフがミスリルの剣を一閃してスライムを葬《ほうむ》る。しかし、オークアクスに捕まってしまった。オークアクスの振り下ろした巨大な斧を、ラルフはミスリルの盾で受け止める。さらにワーウルフがラルフを急襲する。

こうなったらまとめて倒すしかない。

ラルフが絶叫する。

「ひいいいっ！　さすがに二体は無理だあああっ！」

「ラルフ大人気だな……。ルッツとザックでワーウルフを攻撃してくれ。俺は背後に回り込む」

「ジャック様、スキル攻撃の『７７７』をやりましょう！　僕が一番目に叩き込みますよ！」

「わかった。ラルフはオークアクスを押さえとけ」

俺はルッツの言葉に頷き、ラルフに指示を送った。

ついにあれを使うときがきたな。俺は右手を突き出して、その名を叫ぶ！

「我が相棒のスライムよ。その力を示すがいい！　スライム召喚！」

ダンジョンに魔法陣が浮かび上がる。

青い光で円陣が描かれ、五芒星《ごぼうせい》の文様が浮かび上がった。その中心から、ぽよ～んと青いスライムが現れる。

召喚の感動もそこそこに、すぐさま俺はスライムに飛び乗った。続いて透明人間を発動！　俺とスライムの姿が消えた。

スライムナイツと透明人間の力を見せてやるぜ！

突進したザックにワーウルフが襲いかかる。その隙に俺はスライムを走らせ、ワーウルフの背後に回り込んだ。

ワーウルフの攻撃をザックが受け止め、ルッツがスキル攻撃を炸裂させる。

「ストライクランス！」

槍がワーウルフを撃ち抜く。ワーウルフの頭に１０の数字が現れ、カウントダウンされていく。

これが０になるまでに次のスキル攻撃を叩き込むと、コンボが発生しダメージ量が上がっていく仕様になっている。ナイト職は予備動作も使用後の硬直時間も少ないスキル攻撃を持っているので、コンボを決めやすい。また、スキル攻撃の消費ＳＰも少なく威力もあるため、コンボ攻撃に向いているんだ。

スキル攻撃のリロードは十秒。三人で7のカウントを目安に順番に攻撃を叩き込む。これがナイトの連携攻撃！　777攻撃《アタック》だ！

ワーウルフの後頭部にクリティカルの三倍攻撃の一刀両断を叩き込む俺。手応えあり。

ワーウルフが振り向きざまに腕を振るってきたが、そこに俺はいない。スライムを華麗に操り一気に後退させていたのだ。前後左右に自在に動くスライムナイツの機動力を見るがいい！　まあ、透明状態で見えないんだけどさ。

「ノックバック！」

背中を向けたワーウルフにザックの盾が叩き付けられる。

ザックのスキル攻撃でワーウルフがぶっ飛び硬直した。体の自由を失ったワーウルフに、ルッツがザックの背後からスキル攻撃をぶっ放す。

「ストライクランス！」

さらに俺とザックが続く。

「一刀両断！」

「ノックバック！」

理想のコンボ攻撃を三回繰り返すと、ワーウルフは為すすべもなく光を放って消えていった。俺たちはドロップアイテムに目もくれずにラルフの救援に向かった。

ラルフは肩で息をしながら盾を構えてオークアクスの攻撃に耐えている。一番に駆けつけたルッツツが声をかける。

「ラルフさん、下がって！　ポーションを飲んでください！」

「助かったよ……。このスキルモンスターやけに強いから気をつけねーとヤバいぜ」

オークアクスは高速で斧を左右に振り回す。重装備のザックの体が左右に振れるほどの一撃だ。

俺たちはオークアクスにも７７７攻撃を仕掛けた。

さらに俺は、透明状態の通常攻撃でヘイトを稼いで、敵の攻撃を俺へ向かわせる。見えない俺による一撃当てては離脱していく華麗な戦い方に、オークアクスが振り回されているぜ。

無茶苦茶に振り回すオークアクスの馬鹿でかい斧が俺の鼻先を通過した。偶然だけど怖いな。おそらく盾を持たないルッツがまともに食らえば二撃でやられるレベルの攻撃だ。それにオークアクスは十コンボの７７７攻撃を耐えている。ランク１のスキルモンスターにしては異常な強さだな。

俺が四度目の一刀両断を叩き込んだところで、ようやくオークアクスは光を放って消えていった。

俺は透明人間を解除してみんなの前に姿を現す。

「みんな怪我はないな。ドロップアイテムを拾って帰るぞ」

「だな。危なかったぜ。みんなありがとな」

「仲間ですから当然ですよ。それにしても強かったですね」

「確かに強かったな、ダンジョンでは何があるかわからない。全員のＳＰがほとんどない状態は危険だ。急ごう」

俺たちはワーウルフとオークアクスがドロップした精霊の種とコインを拾い集めた。集め終わると、すぐに帰還石を取り出して「エスケープ」と念じる。魔法陣が現れて俺たちはダンジョンから脱出した。外に出るとみんなは疲労で地面にへたり込んだ。障害物競走のあとの戦闘だったから当然だな。

俺は二つの精霊の種を見つめていた。鑑定したら、速度を強化する「速度強化」とコンボ時間を増加させる「連携強化」だった。

確か原作では「努力」と「友情」の精霊の種だったはず。そして友情の種をクレイが食べるんだ。友情の種は、パーティ全員の経験値上昇と守備力増加の効果がある。この効果に惹かれ、第二王子エドワードとカインが身分を超えて、クレイの仲間になるんだ。

でも俺たちがスキルモンスターを倒してしまった。手に入ったのは別の精霊の種。これはどういうことなんだろう。

俺は精霊の種を両手に持って、ルッツとザックに差し出した。

「右が『速度強化』で、左が『連携強化』だ。ルッツとザックは精霊の加護はないんだろ？　食べるならどうぞ」

「えっ……、でも、パーティのドロップアイテムは半分に分け合うものですから、僕たち二人が独占するわけにはいきません」

「ルッツが気にするなら、俺はコインをもらうよ。ラルフ、コインって売れるんだろ？」

「コインは学園が全部買い取るんだってさ。そうしないと何度も討伐申請ができるからな」

「そっか。でも種はルッツたちがもらっといてよ」

「……ジャック様のご厚意に甘えます」

ルッツが連携強化を、ザックが速度強化を食べた。

ザックはフルフェイスの兜のままどうやって食べたのだろう？　それに俺的には、ルッツとザックは逆の種を食べてくれた方がいいのだが……、本人たちが納得してるならいいかな。

いきなりザックが走り出した。結構速いな。そして、戻ってきてジャンプしてガッツポーズをする。

「気に入って喜んでいるみたいですね」

「それならいいけど」

ザックはスキル攻撃のとき以外は話さないからな。さてと、ラルフの案内で「コイン」と看板が出ている屋台に向かう。この屋台でコインの換金をしてくれるらしい。店の人にモンスターコインを渡す。ちなみにこの人たちも学校の先生だそうな。

「お帰り。ランク1のコインが五十枚で銅貨五十枚。スキルモンスターのコインが二つで金貨十枚ね。確認してくれ。あと生徒手帳出して」

俺が生徒手帳を渡すと、屋台の先生は石板を取り出して何か操作し、生徒手帳を石板に押し付け返してきた。

戻された生徒手帳を見ると五ページ目に、１０５０Ｐと書かれている。モンスターコインをポイント換算したようだ。

「そのポイントがダンジョン実習の成績になるからね」

「なるほど。頑張ります」

ゲームのときだったらモンスターを倒せばいいだけだったが、このポイントで成績を競うようだな。覚えておこう。俺たちの後ろに他の生徒が来たので移動する。

生徒手帳をしまうと、ラルフが俺の肩を叩いた。

「ジャック、あれがダンジョンの入り口だぜ」

ラルフが指差す方向に、黒い円柱の立った不気味な建物があった。その入り口の左右を騎士が守り、近くには騎士団の詰所がある。厳重な警戒だな。

「モンスターが外に出てくることもあるし、学生が勝手にダンジョンに行かないように学園所属の騎士が見張ってるんだ」

「当然の対応だな」

俺は頷きながらダンジョンの周囲を見回して、モンスタートレインの最中に逃げていったはずのクレイとロイドを探した。

「ジャック、何を探しているんだよ？」

「ああ、クレイとロイドはどうしたのかなと思ってな」

「あー！　あいつらに一言文句を言わないと気が済まないぜ！」

「いないようですね。寮に戻ったんでしょうか？」

「たぶんそうだろうな。二人を探し回るのも馬鹿らしいし、今日のところは俺たちも寮に戻って休もう」

疲れているのもあるけど、正直クレイとは関わりたくないんだ。

下手に絡んで、主人公が活躍して俺が処刑されるルートに入ってしまうのは御免だ。

「そうですね。今日は戻りましょう」

ルッツがうなずいてくれたので、俺たちは寮に戻って休むことにするのだった。

◆◇◆

部屋に戻った俺は風呂に入ってから食堂に向かった。

学生寮には食堂がある。自炊をしてもいいが、せっかくなので同じ寮の生徒たちと交流を深めたい。

食堂には、先にルッツが来ていた。今日のメニューは焼肉とスープとパンみたいだな。俺は食堂のカウンターで料理を受け取ると、ルッツの正面に座った。

「もう来ていたのか」

「はい、お腹が減ったので急いで来たんですよ」

「今日は疲れたもんな。おっ、なかなか美味い」

野菜と肉が入った塩味のスープを飲む。美味いし体が温まる。それに友達と食べる食事はいいな。でも昨日より周りの奴らから避けられている気がする。俺たちのテーブルの周りに誰も座っていないんだけど、なんでだろう。

俺が疑問に思って首を傾げていると、なぜかルッツが謝ってきた。

「すみません。精霊の加護を確認するために聖堂に行ったんです。そうしたらシルバーナイトのジョブランクが2になってたんですよ」

「それはよかったな」

経験値が高いスキルモンスターを二体も倒したからジョブランクが上がったのだろう。俺はスライムを倒さないと経験値が入らないからうらやましい。でも、ルッツだけがジョブランクが上がったからといって謝る必要はないと思う。

「そのあとが問題だったんです。実は聖堂から帰るときに友達に会いまして、スキルモンスターを倒したことを話したんです。そのときに透明人間とスライムナイツの力がすごかったことと、ジャック様が精霊の種を譲ってくれたことを話したんですよ」

「それは事実だし、別に問題ないと思うけどな」

「いいえ、僕の話を聞いた友達が中途半端に噂を広げてしまったみたいで……。噂ではジャック様は姿が消えるほど速く動き、スキルモンスターを一撃で一刀両断にしたことになってました」

「微妙に真実が混じっているけど、大げさだな」

俺が食堂に入ってくる生徒を見ると、目が合っただけで逃げるように離れていく。それを見たルッツが頭を下げて謝る。

「みんながジャック様を怖がっているみたいで……、本当にごめんなさい」

「気にしなくていい。俺の悪評は学園に入る前から流れていたからな。ルッツのせいではないよ」

長年にわたる悪評を覆すのは容易ではない。俺の席の周りにぽっかりと空いた空間が寂しいけど、そんな奴とは初めから友達になれないだろう。それよりやっとできた友達を大事にしたい。

俺は笑顔で右手を差し出した。

「俺はルッツがいるだけで嬉しいよ。これからもよろしくな！」

「はい！　ジャック様！」

俺とルッツはがっちりと握手を交わした。

恋人の次は親友ができたな。ルッツとの長話のせいで、ご飯はちょっと冷めてしまったけど、まあ良しとするか。

第１０話　癒されるのは彼女の笑顔！

翌日、授業を終えた俺は教室の椅子でルッツを待っていた。ルッツが学園の情報収集をしてくると言って急に教室から出て行ったんだ。

俺に話しかける人はいないし、俺の方から話しかけても逃げられてしまう。学園の情報や噂話はルッツに聞くしかないんだ。

しばらくしてルッツが戻ってきた。俺はルッツに尋ねた。

「何か変わった噂でもあったか？」

「はい、今日はダンジョンじゃなくてフィールドで合同演習をやるらしいです。僕たち以外にFクラスの生徒がスキルモンスターを二体倒したみたいで……。滅多に現れないスキルモンスターが、一日に四匹も現れるなんておかしいからって、ダンジョンの方は先生方と騎士団で調査するそうです」

「それで噂を確かめに行っていたのか。俺たち以外の誰がスキルモンスターを倒したんだ？」

「噂では、F組のクレイさんと騎士のロベルトさんです。手に入れた精霊の種は『友情』と『努力』らしいですよ。両方ともパーティの経験値が増えるスキルだと聞きました」

どうやらクレイたちは、あれからもう一度ダンジョンに潜って、またスキルモンスターと遭遇、それで努力と友情の種を手に入れたらしい。これが主人公補正か。でも、俺たちにスキルモンスターを押し付けて逃げたクセに原作通りの種を得るなんて、さすがの俺も怒るよ！

「そうかありがとな。ちょっと気になることがあるから、クレイの様子を見てくるよ。ルッツは先に演習場に行っててくれ」

「わかりました。演習場で合流しましょう」

俺は勢い良く立ち上がると、教室を出てFクラスに向かった。

Fクラスの前の廊下に、クレイと第二王子のエドワードとカインがいる。

エドワードは精悍《せいかん》な顔のイケメンで、金髪碧眼《へきがん》の王子様。オリハルコンの剣、鎧を装備していて、青いマントを羽織っている。王者のオーラをまき散らし、常に王道を突き進む男だ。

カインは、ミスリルの斧を背中に背負い、ミスリルの鎧を着て、同じく青いマントを羽織っている。二人がクレイと一緒にいるのはなんでだろう。まさか、原作通りにもう仲間になってしまったのか。気になるな。

俺は三人から離れた場所で立ち止まり、クレイを鑑定してみた。


＝＝＝＝＝＝＝＝＝＝＝＝＝＝＝＝＝＝＝＝＝＝＝＝＝＝＝＝＝＝＝＝＝＝

【名前】 クレイ
【ジョブ】 傭兵（ランク1）
【スキル】 剣術、短剣術、投擲術
【精霊の加護】 なし

＝＝＝＝＝＝＝＝＝＝＝＝＝＝＝＝＝＝＝＝＝＝＝＝＝＝＝＝＝＝＝＝＝＝＝＝

あれ？　クレイは精霊の加護を持っていないぞ。

俺は一度その場を離れてから透明人間になってクレイたちに近づいた。クレイが得意げにエドワードとカインに話している。

俺はその横で聞き耳を立てた。

「それで友情と努力の種を手に入れて食ったよ。まあ、俺にかかればスキルモンスターなんて余裕だったけどな」

おいおい、精霊の加護は持ってないじゃないか。

エドワードは「俺様王子」の異名を持つ、過激な男だ。ウソがばれたら首を刎《は》ねられてもおかしくないぞ。

クレイの言葉を信じ切っているエドワードは妙に下手《したて》に出ていた。

「そうか。ならば俺とパーティを組んでくれないか。俺はジョブランクを上げて兄上に追いつきたいんだ。ポーションなどの消耗品は俺たちが持つ。どうだ？」

「うーん、まあ、それなら一緒のパーティになってやってもいいぜ」

「なら決まりだな。今日から一緒に戦う仲間だ。よろしくな」

クレイ、エドワード、カインの三人はパーティを組む約束をして握手をしている。

俺は考え込んだ。

ふむ、結局、原作と同じ展開になったわけだが、どうしてクレイは種を食べていないのだろうか。

それはさておき、さすがは主人公のパーティだよな。イケメンぞろいで腹が立ってきた！　心の中で怒りながら、透明人間を解除して教室に戻った。

実は昨日、クレイたちに仕返ししようと考えて報復用のモンスター寄せのアイテム「誘惑の甘《あま》水《みず》」を買っておいたのだ。俺と同じクラスにいるカインにぶっかけておけば、同じパーティのクレイにも報復できるな。

Fクラスの廊下から戻ってきていたカインは、すでに取り巻きに囲まれていた。さて行くかな。

透明人間で移動しカインに近づく。カインの背後に回り込み、誘惑の甘水をぶっかけてやった。

カインが驚いて飛び上がる。

「ひゃいいいっ！　なんだ！　今、冷たい水が首筋にかかったぞ」

「えっ、でも、マントは濡れてないようですけど……」

「そうか……、気のせいかな。でも本当に冷たい水がかかった気がしたんだが」

「でも俺たちは何もしてませんよ。後ろにも誰もいませんし」

取り巻きが振り向いて俺の方を見たけど、透明人間になっているから姿は見えない。それに誘惑の甘水は一瞬で消えるからうまく誤魔化せたみたいだな。

ふっ、主人公パーティたちよ。モンスターに追われるがいい。俺は元々悪役キャラですからね！

透明人間を解除して演習場に向かうと、ルッツに駆け寄った。その後ろにザックとラルフも装備を整えて控えている。

「悪い遅くなった」

「いえ、バダン先生が来る前ですから大丈夫ですよ」

すぐにバダン先生が竹刀を持って演習場に現れ、声を張り上げた。

「おーい、お前ら騒ぐな。今日は魔法学校との合同演習となる。魔法学校の生徒を騎士の名にかけて守れ！　わかったか、ひよっこ共！」

「「はい！」」

「今日はダンジョンではなく湖畔《こはん》のフィールドだ。フィールドでは強い個体も出る。無理はするなよ。帰還石を渡しておくが、モンスターが近くにいると使えないから注意しろ！」

カインが俺を見て、薄ら笑いを浮かべている。

クレイと組んだことで、ジョブランクが上がるのが早くなると思っているのだろう。しかしクレイは友情の精霊の種を食べていない。クレイには騙され、俺には誘惑の甘水をぶっかけられているのに、そうとも知らないなんて哀れに思うよ。まあ、頑張ってくれ。

やがて魔法学校のAクラスの生徒が現れた。亜麻色の髪をボブカットにして、青い瞳がとても綺麗な美少女が俺に小さく手を振っている。セシリアだ！　髪切ったんだ。よく似合うよ！

「ジャックはセシリア様と組め、一番最初に転送するから用意しろ。あとの皆は組んでから俺に言え」

セシリアとパーティを組む方法を考えていたが、バダン先生の指示で組めた。またもやバダン先生に感謝だな。

セシリアは短剣を腰につけ、風雷の魔法書を抱えている。白のセーラー服に赤いミニスカートの戦闘服を着ていた。短い水色のマントが風になびいている。その後ろには金色のフルアーマーの騎士がいた。すごい目立つな。あれがセシリアの護衛の騎士か。鑑定してみよう。

＝＝＝＝＝＝＝＝＝＝＝＝＝＝＝＝＝＝＝＝＝＝＝＝＝＝＝＝＝＝＝＝

【名前】 エルザ・シモン

【ジョブ】 ランサーナイト（ランク6）

【スキル】 槍術、速度上昇、腕力上昇、回避上昇、詠唱省略、騎乗、ストライクランス

【精霊の加護】 腕力強化

＝＝＝＝＝＝＝＝＝＝＝＝＝＝＝＝＝＝＝＝＝＝＝＝＝＝＝＝＝＝＝＝

「ランサーナイト」は「ランスナイト」の上位職でルッツのシルバーナイトと同じようなスキル構成だな。エルザが持っている武器はオリハルコンの槍だ。

金ぴかの鎧は「獅子の心臓《ライオンハート》」で攻撃力が上昇する特殊効果のある鎧だ。セシリアの着ている戦闘服「魔法使いの制服」も特殊効果があり、魔力を上昇させているようだ。それにしてもエルザの装備は豪華だな。さすが王女の護衛に選ばれる騎士だと思う。

横を見るとルッツが緊張でコチコチだ。騎士階級からすれば、王族は雲の上の存在だから無理もないか。

「俺は用意できています」

「僕もです」

俺とルッツが返答すると、バダン先生が告げた。

「よし、お前らはセシリア様を死んでも守れ。飛ばすからな！」

さっそく、俺、ルッツ、ラルフ、ザック、そしてセシリアとその騎士のエルザの六人が転移石で飛ばされる。

緑の草が生い茂り丘が連なっている。その向こうに、湖が見えて日の光を反射してキラキラと輝いて美しい風景だ。見る限りモンスターはいない。

「ジャック、会いたかったよ。魔法書ありがとね。おかげで助かったよ。みんな仲良くしようね！」

セシリアがお礼を言って、挨拶してきた。

初めて会ったときの暗い影は見えない。俺はルッツの肩に手を置いてセシリアに紹介する。

「どういたしまして。俺も会いたかったよ。紹介する。ラルフは知っているよな。魔法書を届けさせたし。で、こっちが俺の親友のルッツとその騎士のザックだ」

「よろしくお願いします」

「……！」

ルッツとザックがぺこりと頭を下げた。

「私はセシリアだよ。私の騎士はエルザさん。あまり話さないけど優しい騎士なんだよ」

コクリとエルザが頷いた。また、無口キャラかよ！

でもセシリアに信頼できる騎士が付いて助かった。ずっと側にいて守ると約束したけど一人では無理があるからな。

見晴らしの良い丘の上に移動すると、自然と陣形ができた。金ぴか甲冑のエルザと真っ黒なザックが二人並んで前衛を務め、ラルフとルッツが後ろを守る。盾騎士ラルフと槍騎士ルッツの組み合わせで奇襲を防ぐのだ。

前を見ると、エルザとザックは手話で話していた。徹底して無口キャラなんだな。

「ジャック、週末に歓迎祭があるんだよ。一緒に回ろうよ！　パーティメンバーで回るのは普通だし、いいでしょ？」

デートの誘いが来た！　もちろん大歓迎だ！

「いいよ。俺から誘いたいくらいだったし」

「やったー！　楽しみだね！」

セシリアが手を叩いて喜ぶ。

和む。心の底から和むよ！　おっとここはモンスターの徘徊《はいかい》する場所だ。気を引き締めないとな。

でも、俺の頬がつい緩んでしまうのは仕方ない。

でもすぐにセシリアがしょんぼりして肩を落とした。

「はあ、魔法学校のＡクラスの王族は私一人だから、みんな遠慮しちゃうんだよね。こっちから話しかけると驚いちゃうし大変だよ」

「そうなんだ。でも、こっちも似たような感じだよ。ルッツ以外のクラスメイトは俺を見ただけで逃げるからな……。気持ちはわかるよ」

「えええっ！　みんな誤解してるんだよ。噂も酷いし、あれって誰が流しているのかな？」

苦笑いして誤魔化す。セシリアに心配をかけたくないからな。

ふと視線を上げると、丘の向こうに緑の鱗の人型のリザードマンがいるのが見えた。スライムもいるな。ちなみに俺のスライムナイツのジョブランクは上がっていない。スライムって経験値は少ないから、結構倒さなきゃだめなのかな。

俺たちを発見するやいなや、三匹のリザードマンがメイスを持って襲いかかってきた。俺、ラルフ、ザックで一匹ずつ迎え撃ち、ルッツとエルザはセシリアを守る。

「サンダーランス！」

セシリアの凛《りん》とした声が響いて、サンダーランスがリザードマンに撃ち込まれる。

サンダーランスの効果を受けて麻痺したリザードマンに俺はラッシュをかける。三連続で突きを入れると麻痺が解けて、リザードマンは再び動き出した。奴のフルスイングをバックステップでかわして、身を屈めて剣を下から上に振り抜く。セシリアのサンダーランスが再び炸裂してリザードマンが消えていく。

「やったー！　ドロップアイテムはなんだろう？」

「『緑の魚鱗』とランク3のコイン、ランク2のコインが二つだ」

モンスターを倒すと、モンスターと同じランクのコインを落とす。先日のダンジョンでは、ランク1の敵しか出なかったけど、外のモンスターのランクはバラバラみたいだ。

「セシリア、魔法を連発してたけど大丈夫なのか？」

「うん！　この風雷の魔法書でMP消費が半分になるし、フィールドって敵が少ないから、へっちゃらだよ！　杖があるともっと魔法の威力が高くなるんだけどね」

「確かに杖があると、威力と射程範囲が上がるんだよなあ」

「うん。エルザさんも探し回ってくれたんだけど、どうしても上級の杖が手に入らないんだよ」

そう言うと、セシリアがうなだれてしまったので、俺は励ましてあげた。上級の杖は王妃が買い占めているから市場では手に入らなくなっているらしい。なんとか探し出してセシリアにプレゼントしよう！

次に遭遇したのはスライムだ。いきなりセシリアが魔法で吹っ飛ばした。スライムはランクが上がっても弱いのか。ちなみに、ドロップアイテムは「塩の塊」だった。モンスターはランク３からアイテムを落とすらしい。

敵の少ないフィールドは、魔法使いの独壇場だな。時間が経つとＭＰが回復するし。範囲攻撃で敵を殲滅《せんめつ》できるので有利だ。

夕方までモンスターを狩って帰ろう、そんなことを話していたら、セシリアが森の方を指差した。

「ん？　強い敵でも出たのかな？」

俺がそちらの方を見たら、カラスのモンスター、ブラックバードの大軍に突《つつ》かれながら、逃げまわる一団がいた。

クレイのパーティだ。さっそく誘惑の水の効果が発揮されたらしい。

以前みたいにモンスターを押し付けようとしても、誘惑の甘水の効果がある限り、モンスターはターゲットを変えないからな。

さらに厄介なことに、フィールドではダンジョンと違って、敵の編成数に上限がない。つまり追ってくる敵が際限なく増えていくのだ。今クレイを追っているのは、三十四以上。半日逃げ回っていたのかもな。

しばらく見ていたら、騎士団が到着し、ブラックバードを殲滅していってしまった。さすがに国の精鋭だ、めちゃくちゃ強い。

「ブラックバードの巣にでも近づいたのかな。あの人たち、災難だったよね。大丈夫かなあ」

優しいセシリアが心配そうな顔をしてつぶやく。

「そうだな。災難だよなあ」

俺はにこやかな笑顔を向けて、セシリアに帰るよと告げたのだった。

第１１話　イベントフラグは不意に訪れる！

「アクセサリー？」

「はい、杖はアクセサリーに分類されます。上級の杖は特注になりますが、女性で魔法書をお持ちの方ということでしたので、リボンとヘアバンドを用意しました」

学園には店がなく商人もいない。その代わりに王国の役人が売買をしてくれる。これはルッツの情報で、寮の入り口に札を出しておけば、夕食後に来てくれるそうだ。

ただし、税金が上乗せされる分、相場より高い。とはいえ、役人は利益を得ようとはしないので信用できる。

役人が机の上に色とりどりのリボンとヘアバンドを並べていく。

「ヘアバンドは上級アクセサリーです。白色がＭＰ軽減とＭＰ回復速度上昇。黄色が雷属性強化で、青色が氷属性強化。赤色は火属性強化です」

「これもアクセサリーなのか？」

「はい。ですから杖と同時に装備はできませんね。魔法使いは杖のイメージが強いですが、リボン、ヘアバンド、バンダナなども、能力では引けを取りません。今なら、とある事情で価格が暴落しておりますので、お買い得かと思います」

セシリアは杖が欲しいと言っていたが、こっちの方が可愛いかもしれない。髪が短くなったから、リボンよりヘアバンドの方が使いやすいだろう。

しかし、なぜ暴落しているのだろうか。

「とある事情とは？」

役人は俺をチラッと見て、ハンカチで額の汗を拭いながら答えた。どうやら俺に関係していることらしい。えっ、俺!?

「それが……、一流商店の在庫が、最近なぜか大量に放出されましたので」

そうか。俺がつぶした商人の在庫品が一気に市場に出てしまったらしい。

とはいえ、安く買えるのは助かる。高額だとセシリアが遠慮して受け取ってもらえない可能性があるからな。

「金貨三十枚の商品が、金貨三枚と銀貨八枚になってます」

「白色を買おう」

この世界はゲームと違って物の値段が変わるんだな。ちょっとめんどくさそうだ。

◆　◇　◆

さて、入学から四日目となった。

無事、セシリアとパーティになれたので最高の気分だ。

さらに吉報があり、ダンジョンの調査にかなり時間がかかっているみたいで、しばらくはフィールドでの合同演習が続くらしい。ということは、もっとセシリアといられる。テンションが上がっていたところ、その昼休みに事件が起こった。

廊下が騒がしいので教室のドアから顔を出して見ると、ラルフが絡まれている。

相手は、金髪縦ロールのフィリス皇女！

ラルフ、お前はなんでここに来た。学園にいる以上、いつかは二人が出会うとは思っていたが、迂闊《うかつ》すぎるだろう。

「いいじゃん。もう、帝国の騎士でもないんだしさ」

「はあ？　よくも私にそんなことが言えるわね！」

ガルハンのヒロインはキャラが立っている。キャンキャン吠えるフィリスに、ラルフはウンザリしているようだ。

「おーい、ジャック助けてくれよ！　この皇女様をなんとかしてよ！」

俺に声をかけるなよ。そこは空気読んでほしいな……。仕方なくラルフをかばってフィリスの前に出る。

「皇女様、私の騎士が何かしましたでしょうか？」

「あんたがラルフの主？　この男を私の前から消してくれない？」

「お断りします。ここは帝国ではありませんので」

学園では、身分に優劣を付けていない。相手が皇女であろうと、こちらに非がないなら、断っても問題はないはずだ。

すると、フィリスは「キーッ」と声を出して、地団太《じだんだ》を踏みながら俺を睨みつけてきた。皇女のきつい性格は原作そのままか。

「ふん、噂は聞いているわよ。生意気ね。いいわ、私と決闘しなさいよ！」

さっそくフィリスの名セリフが発動したな。決闘大好き、「金髪ドリル」の二つ名に恥じない言動だよ。

とはいえ、原作では初日に起こるはずのこのイベントが、ここで発生するとは思わなかった。猫のルーンを外に出さなければイベントは起きないと考えていたが、無駄だったようだ。

俺は冷静さを装って、皇女に告げた。

「学生の私闘は禁止ですよ、皇女様。もう、ラルフは罰を受けています。大体、猫の悪戯《いたずら》くらい笑って済ませるのが上に立つ者の度量だと思いますよ。下着くらいいいじゃないですか。では失礼、

「おーさすがは俺の主だぜ！　じゃあ、そういうことで！」
ラルフ行くぞ」

俺が軽く決闘を受け流すと、フィリスは茫然として言葉を失ったようだった。

だが、それで引き下がる金髪ドリルではなかった。壁に貼られた紙を指し示し、俺に向かって告げる。

「なら！　歓迎祭のバトルアリーナで勝負よ！　逃げないでね、ふん！」

皇女は俺に口で勝てないと思ったのか、顔を真っ赤にして言い逃げしやがった！　そうして断る暇もなく廊下の向こうに消えていく。

廊下には多くの生徒がいてこの騒ぎを見ていたから、逃げられないよな……。

「あの皇女様、変わってねーな。すまん、ジャック」

「気にするな。ラルフは悪くないしな」

てか、バトルアリーナって何？　教えてルッツ君！

「バトルアリーナは、ＨＰが０になったらＨＰ１の状態で場外にはじき出されるという特殊なバトル施設です。そこでの勝負は、生徒会が管理していて……、あ、連絡がありましたよ。ジャック様とフィリス様の一対一の対戦を招待試合として本戦の前の余興にするそうです」

ルッツがプリントを渡しながら説明してくれる。俺はそのプリントに目を通して尋ねた。

「ルールはアイテムの使用不可以外はないのか。あっ、勝ったら賞金と商品が出るんだ」

「はい。皇女様みたいに高貴な方が本戦に出ると棄権者が増えますが、招待試合という特別枠なら、イベントが盛り上がりますからね。ちなみに負けても賞金が出ますよ」

俺は紅茶を飲みながら、再びプリントに目を落とした。バトルアリーナは賭けも許可されているので、毎回大人気なんだそうな。

「負けても金貨三枚とかすごいな。なんだ？　この勝った方の商品アイテムは？『ミルクパイアップル』とか、まずそうな果実だよな。俺はいらないや」

白いとげとげのリンゴの絵がプリントの二枚目に描かれている。俺たちの会話に耳を傾けていたセシリアの肩がピクッと動いて、遠目にプリントを凝視している。

セシリアの目が真剣なのだが、これっていいアイテムなのかな。

「あーそれは、その……」

ルッツが俺にこっそり耳打ちしてきた。

女性の胸のサイズが1ランク上がるアイテムらしい。

そんなのあるんだ。これって皇女が勝つ前提で商品を決めたのかな。俺がチラッとセシリアを見ると、真っ赤な顔で慌てて胸を隠した。

「ち、違うもん！　ジャックが心配だから見てただけだもん！　本当だもん！」

まあ、セシリアって胸なさそうだけど、俺は気にしないよ。あんなの脂肪の塊だしね。肩が凝るだけって、昔、母さんが言ってたよ。

ごめん、石に噛《かじ》り付いてでも勝つから睨まないでくれ……、セシリア。

「あれ？　プリントの三枚目が皇女の情報なんですけど？」


＝＝＝＝＝＝＝＝＝＝＝＝＝＝＝＝＝＝＝＝＝＝＝＝＝＝＝＝＝＝

【名前】　フィリス
【ジョブ】　ファイアマジックナイト（ランク1）
【スキル】　細剣術、知力上昇、魔力微上昇、詠唱省略、騎乗、
【魔法】　ファイアスネークミサイル、マジックシールド
【精霊の加護】　トルネードボール

＝＝＝＝＝＝＝＝＝＝＝＝＝＝＝＝＝＝＝＝＝＝＝＝＝＝＝＝＝＝

「これはバダン先生が用意してくたんですよ。『俺は逆張りが好きだからお前に二ヶ月分の給料を賭けた！　死ぬ気で頑張れ』だそうです」

「教師が賭けてもいいのかよ！　それに給料二ヶ月分って……、バトルアリーナが盛り上がるわけだ」

帝国の皇女様の情報の扱いがこれじゃあ、俺の情報も漏れていると考えて作戦を考えておくか。

さてと、ちょっと涙目なセシリアに、この前買っておいたプレゼントを渡しておこう。

「セシリア、このプレゼントを受け取ってくれるとありがたい」

可愛い紙袋に入れて、気兼ねなく受け取ってもらえるようにしておいたヘアバンドを手渡す。

「わあ、ありがとう」

セシリアは紙袋を抱きしめて喜んでくれた。俺も嬉しいよ。

「一応、アクセサリーだからセシリアにどうかなって思ってね」

俺はヘアバンドの効果を伝えて、たいした物ではない風に装う。

さっそく白色のヘアバンドを付けてくれたセシリアは、超可愛かった！

第12話　過激にファイア×2

「おーと、Aクラスの魔王ことジャック選手！　小麦粉を摩《す》り下ろしている⁉　なんだ！　なんなんだ！　これは伝説の始まりか！　Dクラスの戦う料理人ドドンガ選手、分厚いバルホーンの肉塊が燃えている、熱い熱い炎との格闘だ！」

「ドドーンといきましょう！　Bクラスの血の魔女ことエルザベス選手、紫の煙が周囲を覆う。禍々《まがまが》しい色のチキンハンドの肉が茹で上がったのか⁉　Cクラスのデブキング、デニンのブリブリフィッシュが光り輝いてるうううっ！」

ここはバトルアリーナ。

席が多くの観客で埋め尽くされていた。

会場が熱気に包まれる中、俺は炎を操り、小さな鍋でソースを作っている。もう一方の大鍋には油をたっぷり入れてある。

実は俺は、魔法学校の上級生パーティが主催するイベント、歓迎祭の料理バトルに出場していた。現代料理チートの威力を見せてやるよ！

狙うは、優勝商品の魔法の防具、「プリンセスメイル」である。

この前のフィールドで気付いたんだが、セシリアがダメージを受けたときにビックリするくらいＨＰが減ったんだよな。魔法使いの装備は、基本的に魔法攻撃力を上げるための装備だから防御が薄い。つまり、魔法の防具を彼女のために手に入れるべく、料理バトルに出ているというわけだ。

プリンセスメイルは防御力もあるし、魔力も上がる。それにすごく可愛い水色のドレス甲冑なんだ。絶対に手に入れる！　セシリアのためならなんでもする男、それがジャック・スノウなのだ。

「ジャック選手、こ、これは、オークの肉がパンの衣《ころも》をまとい、金色《こんじき》の海に降り立ったあああっっ！　ドドンガ選手は火を制して、今度は塩に埋めてしまうのかっ！　オーブンでクローズ！」

二人の上級生が声を大きくする魔導具を使って会場を盛り上げている。ちなみに料理バトルは毎年人気の出し物らしい。実況はこのように暴走気味でハイテンションだ。

対戦相手の一人であるドドンガは俺の敵ではない。というのも、今は昼前だから、君の分厚すぎる肉は、ヘビー過ぎて審査員には受けないんだよ。

「やばいやばい！　あれは食い物なのか！　審査員の勇気が試される！　血の魔女は最凶の魔法使いだあああああっっ！　さあ、君は勇者になれるのか！」

エルザベスの料理を見た審査員の五人の血の気が引いてる。確かに紫色の料理って、ある意味、本当に魔女の料理の領域だと思う。審査員頑張れ！

さて、俺のターンだ。オークの肉は揚げすぎると硬くなる。一度だけひっくり返してじっくり弱火で攻める。そして千切りにしたキャベツの水を切り、パンをスライスして端を切り落とす。そのあと、野菜と果実をざっくり切って、ミキサーに放り込み牛乳を加えジュースを作る。

「デンジャラスでデリシャスううっ！　おおおおっっ！　デブ王の手が魔法のように輝いて黄金の聖水が皿の上に降りかかるううう！　これはすごいいいいいっ！」

これで俺の敵は、ブリの照り焼きに黄金ソースをかけているデブキング、デニンに絞られたな。強敵デニンを横目に、俺は衣が立つほど見事に揚がったオークカツを切り分けた。キャベツを敷いたパンの上にオークカツを載せソースをかけてパンに挟む。

オークサンドとオークシチュー。それに野菜ジュースを添えて完成です！

「はーい！　そこまで時間終了です！　さあ、優勝の行方《ゆくえ》はいかに！」

俺の料理が審査員席に運ばれる。

最高の料理だと自負しているが、相手も強敵。審査の順番が一番最後なのが不安だ。

無言で料理を食べる審査員たち。いったん全員が席から消えた。審査員が、それぞれの料理を1点から5点の札で採点していくのを、司会の生徒が読み上げていく。


「さて、一番目は『チキンハンドの地獄鍋』エルザベス選手です――。

1点、1点、1点、1点、1点、で5点！

非常に独創的で天国を見たとの評価でした」


「二番目、ドドンガ選手の『バルホーンの塩釜』は――。

5点、5点、3点、5点、4点、で22点！

ボリューム感あふれる肉と塩味の味付けが最高だった。ただ、量が多かったとの評価です」


「三番目はデニン選手の『黄金のブリブリフィッシュ』――。

4点、4点、5点、5点、5点、で23点！

輝く色彩と洗練された味が最高だった。やや、淡白すぎたとの評価ですが、現在トップです！

最後は学園の魔王ジャックの料理に注目です――」

郵便はがき

1 5 0 8 7 0 1

料金受取人払郵便

渋谷局承認

7227

0 3 9

差出有効期間
平成28年11月
30日まで

東京都渋谷区恵比寿4−20−3
恵比寿ガーデンプレイスタワー5F
恵比寿ガーデンプレイス郵便局
私書箱第5057号

株式会社アルファポリス
編集部 行

お名前
ご住所 〒 TEL

※ご記入頂いた個人情報は上記編集部からのお知らせ及びアンケートの集計目的以外には使用いたしません。

アルファポリス http://www.alphapolis.co.jp

ご愛読誠にありがとうございます。

読者カード

●ご購入作品名

●この本をどこでお知りになりましたか？

年齢　　歳　　　　性別　　男・女

ご職業　1.学生（大・高・中・小・その他）　2.会社員　3.公務員
4.教員　5.会社経営　6.自営業　7.主婦　8.その他（　　）

●ご意見、ご感想などありましたら、是非お聞かせ下さい。

●ご感想を広告等、書籍のPRに使わせていただいてもよろしいですか？
※ご使用させて頂く場合は、文章を省略・編集させて頂くことがございます。
（実名で可・匿名で可・不可）

●ご協力ありがとうございました。今後の参考にさせていただきます。

そこで切るなよ。太鼓が叩かれ観客がどよめく。なかなか演出が上手いな。デニンの点数が高いから大丈夫かとちょっと心配になったが……。

「5点、5点、5点、4点、で24点！

最後の野菜ジュースにギャップ萌えだそうです。優勝おめでとう！」

審査員の胃を心配して出したジュースが決め手だったようだ。俺は心の中でガッツポーズして勝利に酔いしれた。

俺が主催者から「プリンセスメイル」を受け取ると会場から、まさかのコールが湧き起こった。

「魔王！　魔王！　魔王！　魔王！　魔王！　魔王！」

もう魔王でいいや。

俺はやけくそで拳を突き上げた。地鳴りのような歓声と拍手が響き渡る。アニメでも魔王は大人気だしな！　いや、泣いてないよ。これはただの汗さ。

◆　◇　◆

料理バトルのあとは連戦で、バトルアリーナに挑むことになった。

調理台が片付けられて用意が終わったらしい。直径三十メートル程の円形の試合場に透明な膜がドーム状に張られていた。ガチバトル開始である。

直前に生徒会長が、妙な交渉をしてきた。

透明人間の能力の使用は禁止。スライムに乗って戦うこと。理由は、透明人間じゃ見てもつまらないから、スライム騎乗はそっちの方が面白いからだそうだ。その代わりに勝利のあかつきには、とあるものをくれるという。宰相の息子だけあっていろいろと策士な奴だ。

俺がブルースライムに乗って現れると、観客席から笑い声が上がった。見てろ、スライムナイツの力を見せてやるよ！　セシリアは貴賓席から声援を送ってくれた。勝利の女神は俺に微笑んでいる。

中央に二つの線が引かれ、まずはそこに移動する。

俺が定位置に着くと、金髪の縦ロールを揺らしながらフィリスが入場してきた。

胸の開いたドレス甲冑にレイピアを持って優雅に歩いてくる。

本当の凶器は二つの果実だな。あの大きい胸がさらにランク上げされたら、とんでもない至宝になってしまうかもしれない。

腰に手を当てたフィリスは俺を睨みつけ、挑発の言葉を吐き捨てる。

「逃げなかったことを褒めてあげようと思ったけど、その滑稽な姿、早く消して上げるわ」

「どうも、その滑稽なナイトにやられないでくださいよ」

「騎士も騎士なら、主も主だわ。ふん、一瞬で終わらせて、外に飛ばしてやるんだからね！」

フィリスは反転して、外周の一番端に移動。

俺もスライムに騎乗したまま端に行った。

「では、フィリス皇女とスノウ子爵家嫡子ジャックの試合を開始します！」

拡声の魔導具で生徒会長が告げると、狂気に近い熱気と歓声が地響きを上げた。賭け札を手に持った観客の目が怖い。

ちなみに学園の試合は一瞬で終わる。攻撃力が高い魔法とスキル攻撃が互いにあるから、先に攻撃を当てた方が勝つのだ。

「バトルアリーナ！　ゴー！」

生徒会長の合図でバトルが開始される。

まずはフィリスの「マジックシールド」をモノマネだ。なお、これは保険で俺はスラムナイトのスキルだけでフィリスを倒し、スライムナイツの力を見せつけてやるつもりだ。

「ファイアスネークミサイル！」

フィリスは容赦なく五連続でファイアスネークミサイルを発射してきた。炎の蛇《へび》がしつこく追い立ててくる。

俺はスライムをゆっくり外周に沿って走らせた。

「そんな速度で私のファイアスネークミサイルはかわせないわよ！」

フィリスの嘲笑を聞きながらファイアスネークミサイルを限界まで引き付ける。炎の蛇が俺に牙をむいた瞬間――。

スライムの本気を見せてやった。

急加速したスライムの背後から五連続の爆発音が響き渡る。バトルアリーナの透明な膜に直撃したファイアスネークミサイルが派手に爆散したのだ。

轟音《ごうおん》が響き、派手なエフェクトの炎が舞い散って、観客が大興奮で声を張り上げた。

俺から逃げるように距離を取ろうとしたフィリスがトルネードボールを放つ。俺はスライムをサイドステップさせ、渦巻く風の球を余裕でかわす。

さらに俺は左右ジグザグにスライムを走らせ、フィリスを追い詰めていく。さすがに焦った顔のフィリス。ここで彼女は致命的なミスを犯した。

「トルネードボール！」

これで三回目のトルネードボール、俺のフェイントに引っかかり、フィリスは最後の魔法をぶっ放した。これで魔法は使えない。安心して攻撃できる。

俺はスライムを一直線に走らせて剣を掲げる。スライムナイツの力を思い知るがよい！　成敗！

「一刀両断！」

すり抜けながらの必殺の一撃。高い防御力のドレス甲冑に助けられ、かろうじてＨＰを残したフィリスに、急反転したスライムがさらに襲いかかる。

「ひいっ」

スライムが体当たりしてフィリスを撥ね飛ばし、フィリスは場外に消えた。

マジックナイトは魔法使いのジョブに近いから、純粋なナイトの接近戦には耐えられない。俺に接近された時点でフィリスの負けだ。

観客席から赤い札が宙に舞った。赤い札はフィリスが勝つに賭けていたことを示す札である。青い札を手に持ったバダン先生が勝利の咆哮《ほうこう》を上げている。倍率はどのくらいだったのだろう。

俺は剣を突き上げ、スライムに乗ったまま跳ね回りながらバトルアリーナを三周した。

俺への歓声と称賛の声が素直に嬉しいな。フィリスが生徒会の役員に肩を支えられ退場していく。

貴賓席を見上げると、セシリアが拍手しながら笑顔を見せてくれた。最高のご褒美だ。

これでスライムナイツこそ最強であると示せたと思う。

「見事な戦いだった。観客も喜んでくれたしね、約束通り確認してくれ」

生徒会長が革の袋を俺に差し出す。

受け取って袋を開けると、ミルクパイアップルが二つ入っていた。さらに賞金の金貨の袋を受け取り、俺は生徒会長に聞いてみた。

「会長は俺にいくら賭けたんですか？」

「それは内緒だ」

ニヤリと笑う会長。会長が試合前に提案してきたのは、白熱した試合を提供した上で勝ったらミルクパイアップルをもう一つ用意しようというものだった。

試合を盛り上げ、ちゃっかり儲けているとは……、さすがとしか言いようがないな。王国の未来は明るいのかもしれない。

俺は優勝賞品と賞金を抱えて、セシリアとの待ち合わせ場所にダッシュで向かった。

セシリアとの歓迎祭デートはこれからだ。

第13話　デート！

「超可愛いよ、セシリア！　よく似合っているよ」

「そうかなあ。ジャックありがとね」

プリンセスメイルを着て、ご機嫌でくるりと一回転したセシリア。

薄い水色のドレスをベースにレースの飾りが付けられている。それでいて、オリハルコンの装備が、体の要所要所を守っているという可愛くも硬い魔法の防具だ。体に密着するタイプのドレス甲冑だからスレンダーなセシリアによく似合っていた。

「じゃあ行こうか。どこに行きたいの？」

「バザールを見たいなあ。グラウンドだよね」

デートっぽいが、後ろにはラルフ他三名がくっ付いて来ている。

セシリアは王族だから、一般開放された学園では常に護衛が必要なんだよね。ただ、ザックとエルザはフル装備の必要はないと思うけど。この二人の素顔を俺は見たことがない。

「その前にモンスターハウスに……」

「却下です。本当に怖いんだから！　ほら、すごい悲鳴が聞こえるよ」

セシリアに却下されたモンスターハウスは、いわゆるお化け屋敷で、料理バトルで俺と激闘を繰り広げた血の魔女ことエルザベスのパーティが主催している。ジョブ、ネクロマンサー六人によるお化け屋敷はリアルに怖いらしい。セシリアと行きたかったな。

グラウンドの手前には、屋台が立ち並び、戦う料理人ドドンガも店を出していた。

そこで俺たちは、バルホーンという牛のモンスターの串焼きを買った。ドドンガの店の他には王都にある調理学校からも店が出されている。

「うはっ、バルホーンの串焼きが美味すぎる」

「塩とレモンだけで、こんなに美味しく作れるなんてすごいね。私もお料理頑張ろう」

ボリュームのある串焼きを食べながら、続いて商業学校の出している屋台を覗き込む。

ここはデブキングのデニンが店を出していて、ローズやミントなどの香りがする石鹸やシャンプーなどを売っていた。

「いらっしゃい、ローズの石鹸《せっけん》が売れてるぜ！」

匂い付きの石鹸を売っている店は他にもあるのにデニンの店だけ人が集まっていた。不思議だと思ったので遠回しに聞いてみると……。

「ほら、俺ってデブだけどいい匂いだろ？　と言ったらバカ売れよ！　安くしとくよ」

「あはっ、私は三つずつ買うよ」

おどけたデニンの言葉に噴き出したセシリアが各種の石鹸を買い込んだ。俺も買っておく。

なお他の店には、短剣やアクセサリーなんかも売られている。平民や下級騎士たちをターゲットにして売っているようだ。

ちなみに商人として店を出すには、営業許可証以外に「鑑札」が必要である。商業学校の生徒は、その鑑札を買うための資金稼ぎと将来の顧客を探しに、こうして学園に出店しているらしい。

ルッツとザックが真剣に店員の話を聞いていた。どうやら新装備を探しているらしい。でも、ザック、今以上にもっと重い装備はないかって黒鉱石より重い装備はないと思うよ。

グラウンドには、職人の見習いや冒険者が布を広げて商品を売っていた。

「うわー、バザールって本当にいろいろ売ってるね。目移りしちゃうよ」

「だな。本とかも売っているのか。いい掘り出し物ないかな」

「魔法書はさすがにないよね。あっ、ぬいぐるみが売ってる。ジャックちょっと見ていい？」

俺がうなずくと、セシリアはクマとネコのぬいぐるみをじっと見つめていた。俺は隣のサル耳の獣人の冒険者が売っている本を眺める。

「いらっしゃい。ん？　スライムナイツの兄さんじゃないか。それなら、スライムのメダルがあるぞ。買っていくか？」

「スライムのメダルって、コインと違うのか？」

「違うな。ブルースライムということは初期のままか。召喚獣のメダルは色を変えられるんだよ。色によって上がるステータスが違うしスキルも変わるのさ。初期の召喚獣はスキルが付かないしな。買っていくか？」

「買うけどメダルは一つでいいの？」

「一つで十分だよ。それにスライムのメダルはこれしか余ってないんだ」

そう言って彼が取り出したのは、表と裏に剣と盾を持ったスライムの描かれたメダル。鑑定すると、確かに「スライムメダル」でコインではなかった。これを召喚獣に押し付けて色を決めたら、ジョブランクが上がるときに色が変わって召喚されるらしい。

「この本はメダルのコレクター本だ。サモナー系の学生に売れてるよ。コインのコレクター本もあるぞ」

本を開くとフルカラーのページに綺麗なコインやメダルの絵が描いてあった。どの世界にもコレクターはいるんだな。俺は本を断ってメダルを買った。ゲームのガルハンには召喚系キャラは敵にしかいなかったけど、いろいろあるみたいだ。

「このクマさんに決めました！」

セシリアは悩んだ末に大きなクマのぬいぐるみを買ったようだ。

ぬいぐるみを抱きしめるセシリアの姿が可愛い。ちなみにラルフは黒い猫のぬいぐるみを即決で買ったようだ。ラルフはブレないな。

少し移動すると服を売っている店を見てセシリアが立ち止まった。

下着とかも売っている店だったので、俺はセシリアから離れて、ラルフ、ザック、ルッツの見ている店に行った。さすがは盾の騎士たちだ。巨大な白色の盾を眺めていた。

「二人は買わないのか？」

「ラージシールドは使いにくいんだよ。アームシールドを探してるんだが、なかなかいいのがないな」

「……」

「黒だったら欲しいと言っています」

「俺にはザックの声が聞けそうにないな。色より性能じゃないのか？」

「いや、色も大事だろ？　ただでさえ盾騎士って地味なんだぜ。なんか目立つ色ってねーかな」

ラルフの言葉にザックも首を上下に振る。盾騎士なりのこだわりがあるのだろう。

「ねねっ、あそこで何かやっているよ。見に行こうよ」

「そんなに引っ張らなくてもゆっくり行こうよ」

買い物が終わったセシリアに腕を取られる俺。バザールの南の門の入り口近くに連れてこられた。

大道芸人が口から火を噴いたり、短剣を投げたりしている。セシリアとはしゃぎながら芸を見て回った。

ん？　あれは、原作のヒロインで格闘家のアリアじゃないか。ああ、ここで主人公とのイベントがあったな。アリアと柔道の勝負をするフラグイベントで、主人公が一本背負いで勝つのだ。

「挑戦者はボクに銀貨一枚を払ってね。勝ったら金貨一枚だよ！」

ボーイッシュな短髪褐色《かっしょく》のヒロイン、アリアが五メートル四方のマットの上で叫んでいる。と、そこへ、クレイが現れて挑戦者に名乗り上げた。やばい、イベント発生だ。

「スキル使用は不可で背中がマットについた方の負け。いいよね？」

「わかった。俺は体術に自信があるんだ。全力でいかせてもらう」

「望むところだよ。では、開始だね！」

アリアとクレイが両手でつかみ合って駆け引きをしている。結構、熱い戦いで見応えがあるな。

あら、クレイの一本背負いが防がれて、逆にアリアに投げられてしまった。クレイのジョブランクが上がってないから力が足りなかったのかもしれない。

「今の勝負は面白かったよね。挑戦者の人、あとちょっとだったのに、惜しかったなあ」

「本当、惜しかったよな。さっ、セシリア、向こうの芸を見に行こうよ」

俺が頑張って毎日、誘惑の甘水をぶっかけ続け、ジョブランク上げを邪魔した成果だな！　さすがにジョブランク1ではアリアに勝てなかったか。この調子でクレイのフラグイベントをつぶしていこう！

「うん。わあ。剣を口に入れて呑んでるよ。痛そう。どうなっているのかなあ」

セシリアの楽しそうな笑顔につられて俺も笑う。

ふいに幸せを感じ、俺は改めて思う。

セシリアの笑顔を絶対に守る。落ち込んだり、泣いたりする彼女は見たくない。俺はセシリアを守る最高のナイトになるんだと改めて心に誓ったのである！

第１４話　魔王ジャックの夜のお仕事！

どの世界にも悪は絶えない。

透明人間になった俺は、木に登ろうとした男子生徒に背後から襲いかかる。そして、スカンクアルファの臭い手袋をそいつの鼻に押し付けて気絶させた。

木の向こうの建物は、乙女の園《その》、大浴場だ。

この世界には娯楽が少ない。女性たちの楽しみは風呂場でのおしゃべりである。各部屋にもお風呂はあるが、やはり社交の場である大浴場に入る女子生徒は多い。

胸が2ランク上がったセシリアも、勇気を出して大浴場に行ってから友達ができたらしい。ただ、この大浴場は男子生徒に覗かれる危険がある。木を登れば、簡単に窓から中が見えてしまうのだ。そして、警備の死角を突き木に登ろうとする不届き者は多い。

今の俺は、そんな勇者たちを返り討ちにする、乙女の園の前に立ちはだかる魔王なのだ！

俺は気絶させた男子生徒を物陰に引きずり込む。そこに隠れていたラルフにそいつを渡し、俺は再び監視に戻った。

「マジでジャックってセシリア様のためなら鬼になるな。こいつが気の毒だぜ」

「悪を成敗するのに遠慮はいらない！　俺のセシリアの裸を見たいなら、俺の屍《しかばね》を越えて行くくらいの覚悟でないとな。ラルフ、早く脱がせろ」

「へいへい、わかりましたよ」

ラルフが男子生徒の服を全部はぎ取ってから、俺は二週間は絶対に消えないマジックで不届き者の腹に「成敗」、額に「肉」の文字を書いておく。

「ザック、連れていけ！」

ザックが無言で敬礼し、男子生徒を肩に担いで適当な場所に捨てに行く。

闇に消える男子生徒に、俺は思い切り吐き捨てた。

「生きているだけマシだと思うがいい！」

俺も男だ。彼らが桃源郷を見たい気持ちは痛いほどわかる。だが、そこにセシリアがいるとなると話は別だ！

「こわっ、容赦なさ過ぎだな。まあ、自業自得だけどさ。こいつで三人目だっけか。休み前は増えるよな」

「だな。ルッツの合図だ。今日は終わりだな。ザックが戻ったら帰るぞ」

女子生徒たちは日が暮れてから寮に帰り、すぐに大浴場に入って約一時間で解散する。ルッツには女子生徒の動向を監視してもらい、俺たちはこの時間帯のセシリアの安全を死守しているのだ。

「みんな任務、ご苦労だったな」

四人そろったところで、今日の報酬を渡しておく。俺は不届き者一人に付き銀貨三枚の討伐報酬を配っていた。なお、男子生徒の服は、適当に学園内に捨てて帰る。

「でも、報酬をもらうのは気が引けます」

「ルッツは俺の友達だ。だからこそ、けじめを付けておきたい。俺はルッツに仕事の依頼をしている。正当な報酬として受け取ってほしい」

「わかりました。それにしても覗きにくる人が減りませんね」

「確かにな。明日から連休だし、休み明けにどうなるかだな」

俺はセシリアが大浴場に行く限りは、護衛を続ける予定だ。

そんな強い決心を抱きながら寮に帰った俺は、シャワーで体を洗い、食堂に向かった。

俺がいつも座っていた席に、黒い座布団が敷かれ、黒いテーブルクロスがセットされ、花が活けて置いてあった。典型的ないじめである。ここまでくると笑うしかないよな……。順調に悪役街道を突き進んでいる気がしてきた。

食事を食べていたら、バダン先生がやってくる。

「お前ら、休みの間イチゴ狩りに行かないか？　場所は俺の実家だ。空気は綺麗だし飯は美味いぞ」

あれ？　これって原作の教師イベントだよな。

バダン先生の家で修行して、確か最後にバダン先生から武器をもらうイベントのはず。俺に主人公のイベントが来ただと……？

ちなみに、ゲームはワンクリックで修行が終わる。アニメにはそもそも修行シーンはない。イチゴ狩りっていうのが意味がわからないから、教師イベントとは違うのだろうか？

まあ、断る理由はないから引き受けよう。

「俺で良ければ行きますよ。セシリア様も呼んでいいですか？」

「おーいいぞ。ルッツはどうだ？」

「私も行きますよ。今の時期にイチゴが取れるのですか？」

「まあな。大量に取れるから楽しみにしておけ。ところでランキング見たか。お前らのパーティが今月の一位だ。その調子で頑張れよ」

俺は見ていなかったが、ルッツは見ていたようだ。

ちなみにランキングは、月末に校舎の入り口の掲示板に貼り出されるらしい。俺が校舎に入ると生徒が怖がって左右に分かれるから、掲示板とかスルーしてたよ。

そのとき、パタパタと他の先生が現れて、バダン先生に告げた。

「また、犠牲者が出たそうですよ。それも三人も」

「またか！　それで生徒たちは無事か？」

「裸で倒れていて『成敗』と『肉』の文字がありました。同一犯で間違いないのですが、生徒にはどこで襲われたか記憶にないそうです。気が付いたらこうなっていたと……、目撃者もいません」

もう見つかったか。とはいえ、大浴場を覗こうとして襲われたとは、口が裂けても言えないだろうな。この騒動はすでに怪奇事件として話題になっているらしい。成敗と肉の意味を推理しているクラスメイトがいたくらいだしな。

「今年の生徒は夢遊病にでもかかっているのか!?　誰も襲われた場所を知らないなんて。わかった、すぐ行く。お前ら、明日の昼に門の前に集合だ」

「はい」

「了解です」

バダン先生が食堂から出て行ったのを見て、俺たちはニヤリと笑い合う。

「しかし、よくバレないですね」

「まあ、スカンクアルファの臭い手袋があるから気絶させるのは楽勝だし」

「それって金貨十枚の特注品ですよね。鼻を押さえたら気絶するくらい臭いって、絶対に嗅ぎたくないです」

「俺も同感だな。ルッツはみんなに連絡を頼む。俺は部屋にいるよ」

「はい。わかりました」

そのあと、セシリアからも了解を得て、パーティ全員でバダン先生の実家に行くことに決まったのだった。

◆◇◆

「なんで俺だけが馬車に乗せてもらえず、スライムで行くことになっているんですか！　いえ、不満はないですけど」

「答えは馬車が六人乗りだからだ。ジャック、かっこいいぞ」

「御者が先生だから、あと一人乗れると思いますけど」

「金ぴかと漆黒の鎧を着てる、この無口な二人に言え！　フル武装のせいで重量きついんだよ！」

そう言われてもザックとエルザは無反応だ。二人はフルアーマーで馬車に乗ったからな。この旅行中に姿を見たいものだ。

学園から馬を飛ばせば二時間、昼から出発したから馬車でゆっくり走っても夕方には着くだろう。小旅行だと思えばいいが、俺がスライムで移動してると旅人が驚くんだよな。

「スライムに乗るジャックって可愛いから私は見ていたいよ」

「俺は最強のスライムナイツだ！　馬車の護衛は当然、俺の役目だな！」

セシリアにそう言われ、完全にスライムで行く気になった俺。俺の変わり身を見てバダン先生がぼやいた。

「セシリア様くらいに俺の言うことを聞いたらどうだ……」

「お断りします。一万年早いですよ」

「断られた！　しかも丁寧に！」

先生を含め、気兼ねなく話せる楽しいメンバーで街道を進む。

バダン先生の実家はイチゴの名産地、ロロア村だ。学園から東の街道をひた走り、途中の小道を北に向かえば着くらしい。バダン先生のお兄さんが、村の領主をしているそうだ。

騎士階級は、領地を持つ騎士、騎士団や貴族に仕える騎士に分けられる。バダン先生の実家のように領地を持つ騎士は、騎士爵と呼ばれ、半分貴族、半分騎士のような立場なのだ。

セシリアと一緒に馬車でゆっくり話したかったけど、スライムに乗るのは好きだからいいとしよう。たまに雑魚モンスターに襲われたがスキル攻撃で瞬殺する。この馬車は俺が守る！

小道に入り一時間ほど走るとロロア村が見えてきた。

空気は綺麗で穏やかな田畑の風景が広がっている。麦畑ばっかりで、イチゴなんて作っているようには見えないけどな。

三メートルほどの壁に囲まれたロロア村は人口七百人程度だそうだ。村の門を通り抜けるとバダン先生は大袈裟な動作と豪快な笑顔で言い放った。

「ロロアの村にようこそ！」

第１５話　いちご狩り！

俺たちはロロア村の北の高台に昇って、夕日を反射する綺麗な湖を見下ろしていた。

なだらかな坂道に草が生い茂り、他には何もない。俺たちの後ろには短剣を持ち籠を背負った村人が三十人ほどいた。

「バダン先生。えっと、ここでイチゴ狩りを？　何もありませんよ？」

「そうだ。今に見てろ。面白い物が見れるぞ。あれだ」

俺が尋ねると、バダン先生が指差す。その先で、湖が波打って赤く丸い物が湖から飛び出してきた。

スライムだ。

しかも、百匹以上いる。

「ストロベリースライムだ。狩るとイチゴを落とす。絶対に踏むなよ。ドロップアイテムは村の男衆が拾うから、倒すだけでいいぞ」

「えっ、村の名産って食材アイテムだったんですか⁉」

「そうだ。この時期、大量発生してな。毎年、実家に帰って狩りに来ている。俺はセシリア様を護衛しとくから頑張って倒してくれ」

「わかりました。戦闘開始だ！」

パーティ全員で坂を下り、ストロベリースライムと接敵《せってき》する。赤く丸い七十センチくらいの球状のスライムにつぶつぶの種の模様がいくつも付いている。

「スラッシュ！」

ミスリルの剣から風の刃が放たれ、ストロベリースライムを三匹まとめて横一文字に斬り裂く。野球のボールくらいの大きさのイチゴが十五個ドロップした。一匹倒せば五個イチゴがドロップするようだ。

「サンダーランス！」

白色のヘアバンドをつけたセシリアが魔法書を抱えて雷の槍を撃ち出すと、ストロベリースライムが消し飛んでいった。

「ストライクランス！」

「ストライクランス！」

ルッツとエルザの槍騎士のスキル攻撃が直線上のストロベリースライムを二、三匹貫通して葬《ほうむ》り去る。

ラルフとザックは最前線で剣を振るい、ストロベリースライムは瞬《また》く間に数を減らした。

背後で村の男たちがイチゴを拾い、コインを集めている。

日が落ちるとモンスターの動きが活発になるから、村人のためにも、スキル攻撃を多用して殲滅を急いだ。

ほとんど狩り終えたあたりで、バダン先生が俺たちに告げた。

「さすがは、学園の一年生トップパーティだな。来年も生徒を連れてくるか」

「いつも一人で狩ってたんですか？　スラッシュ！」

「まあな。兄貴は騎士爵会議でいないし、ハンターに頼むほど、ストロベリースライムは強くはない。けど、村の男衆だけで狩ると死人が出る。これで殲滅したか。そろそろ来るぞ」

すると、湖から巨大なストロベリースライムが現れた。頭の上に、光り輝くティアラを付けている。

「ストロベリークイーンだ。ラルフとザックで『サンドバック』をしてくれ」

「了解！」

「……」

バダン先生の指示を受けて、ザックがストロベリークイーンの前に、ラルフが後ろに回り込む。

盾騎士のスキル攻撃、ノックバックは敵を後退させ、硬直させる効果がある。それを利用して二人で挟み込む「サンドバック」は盾の騎士のハメ技だ。

「いくぜ！　ノックバック！」

「ノックバック！」

前後から時間差でノックバックを叩き込み、ストロベリークイーンはまさにサンドバック状態で前後に飛ばされ為すすべがない。一方、俺たちは遠距離のスキル攻撃を順番に放ち、ストロベリークイーンにコンボ攻撃を与えていく。

十四コンボでストロベリークイーンが沈んだ。ドロップアイテムは「女王苺」で俺の頭くらいのデカいイチゴだった。

「盾騎士が二人いると楽だよな。バダン先生、これで終わりですか？」

「いや、明日にはまた出てくるだろうな。兄貴が帰るまで頼んだ」

「わかりました」

「よし、帰るぞ！　男衆もご苦労だった。明日も頼む！」

バダン先生のかけ声で村に戻り、バダン先生の実家である領主の家に泊めさせてもらうことになった。土壁で囲ってある木造の家で和風の屋敷だ。

家に入ると手を洗い、用意された食事を全員で食べた。チキンハンドのソテーとサラダ、野菜スープにパン。チキンハンドは料理バトルのときも使われていたが、ダチョウのようなモンスターで、この世界ではメジャーな食材らしい。料理はどれも素朴な味で美味しかった。

食事をしていて気になったのは、対面に座るザックとエルザである。食事中でもフル装備なんだよ。なのに皿から突然、料理が消えていく。一体どうなっているの⁉　セシリアと話しながら観察してたけど、食べる瞬間が全然見えない。謎だ。

あと、バダン先生が騒がしい。酒を呷《あお》りながら大声で俺に話を振る。

「いや、助かった。いつも夜遅くまで戦ってたからな」

「確かに一人だと時間かかりますよね。いつまで大量発生してるんですか？」

「んー、二週間くらいだな。ストロベリースライムが湖に入るとクイーンが生まれて一気に数が増える。クイーンを倒すと他のストロベリースライムが来て、新しいクイーンが生まれるとか学者の先生が言ってたな」

「なるほど」

「ストロベリースライムはこの地方限定のモンスターでな。謎も多いらしい。ところでジャック、お前にこれを授けよう。これがお前の武器になるはずだ」

おおおっっ！　原作の展開だ。バダン先生からの武器プレゼントイベント発生！

どんな武器だろう。まさかアニメと同じなのかな。

「ほら、これだ！」

「それって、本じゃないですか？　ん？　タイトルは『バダン先生の良くわかる大陸史』⁉」

「暗記しやすいように俺がまとめた本だ。大陸史は苦手な生徒が多くてな。作ってみた！」

本のページを開くと、バダン先生のイラストが描かれていて、重要なポイントをわかりやすくまとめてある。これで勉強が楽になるな。

「ありがとうございます」

「おっ、ジャックからお礼を言われたのは初めてだな」

「そんなことはないと思いますけど。あっ、そうかもしれない」

「だろ？　飯を食ったら風呂に行け。ここの露天風呂は最高に気持ちいいぞ」

こうして俺は、みんなより一足先に裏庭に作られた露天風呂に向かった。セシリアとエルザは、屋内のお風呂に向かっていった。

俺は十人は入れるくらいの大きな浴槽に浸かる。ふと見上げると夜空が綺麗だった。周囲は木の板で囲まれ、静寂に包まれている。

誰か入ってきた。ん？　金髪で端整な顔をした青い瞳の男で、一瞬、ルッツかと思った。だが、大人びていて背が高い。それにルッツも入ってきた。

もしかしてザックか？　兄弟はそっくりなんだな。いくらザックでも風呂では甲冑を脱ぐよな。初めて顔が見られて良かったよ。

調度いい温度の湯にのんびり浸かって風呂を出ると、イチゴ牛乳が脱衣所に置かれていた。これはありがたい。俺は腰に手を当てて冷たいイチゴ牛乳を飲み干した。風呂上がりの牛乳は最高に美味い。

寝室に行こうとしたら、セシリアがパタパタと駆け寄ってきた。

シンプルな水色のパジャマ姿がセシリアに良く似合っていて、胸の谷間がわずかに見えて色っぽい。お風呂上がりの濡れた髪がいい匂いを放っている。

「ジャック！　これを着て！」

真っ赤な顔のセシリアが差し出したのは、きちんと折りたたまれた水色のパジャマ。胸にポケットが付けられていて、青いスライムに乗ったナイトの刺繍がしてあった。

俺は硬直してしばらく目を見開いたまま、セシリアの差し出したパジャマを茫然と見ていた。

だって、女性が夜着《よぎ》を男性に送るのは恋人の証だからだ。セシリアから夜着をもらえる日がこんなに早く来るとは思わなかったんだ。

「えっと、これは夢かな？」

「夢だったら困るよ。決死の覚悟で作ったんだからね！」

「ありがとう。セシリア。一生大事にする」

「もう、一生なんて言わないでよ。ほら、早く受け取って」

セシリアは照れた顔でパジャマを俺の胸に押し付ける。

「うん。ありがとう。セシリア」

そう言いながら俺が受け取ると、瞬時にセシリアは耳まで真っ赤になった。

セシリアの初々《ういうい》しい反応を俺は楽しそうに見つめる。

「じゃあ、また明日ね！」

セシリアが手を振りながら自分の部屋に戻ったのを、俺は夢見心地で見送った。

これで、今までのすべてが報われた気がしたよ。俺は今日この日を一生忘れないだろう。

俺はパジャマを抱きしめて、歓喜に震えながら、涙を流したのだった。

第16話　クッキングタイム！

早くもロロアの村、四日目の昼。

バダン先生の家のキッチンで、俺はイチゴジャムを塗ったパンを食べ、紅茶を飲んでいた。

パンを焼いてくれたのも、ジャムを塗ってくれたのも、紅茶を入れてくれたのも、隣に座っているセシリアだ。恋人と二人で食べる昼食は最高に美味しい。

開けた窓から爽やかな風が吹き抜ける。のんびりとした田舎の雰囲気。俺の隣には可愛い彼女がいて、紅茶のおかわりを入れてくれる。

このまま時が止まれば、どんなにいいか。

「ジャック、このジャムは私が作ったの。学園で使ってくれると嬉しいな」

セシリアがイチゴジャムを三つもプレゼントしてくれた。俺はセシリアの手作りのジャムをありがたく受け取る。

「ありがとう、セシリア。よし！　一つは少しずつ使い、一つは鑑賞用、一つは永久保存に決定だ！」

「鑑賞用とか永久保存とかしなくていいから。食べてくれた方が嬉しいよ。絶対に全部食べてね。約束だよ」

俺はアイテムボックスに入れて永久保存するつもりだったけど、セシリアが約束だと言うのでうなずいた。

「……わかった。大事に食べるよ」

「ジャックとこんなに話せるとは思わなかったよ。精霊の種がなかったから、Ａクラスは諦めてたし、本当に感謝してる。ありがとね」

「いいんだ。俺はセシリアさえ喜んでくれれば幸せなんだから。パーティも組めたし、学園生活は最高に楽しいよ。まあ、魔王の二つ名だけは嫌だけどさ」

「魔王って酷いよね。ジャックは優しいのに……」

「気にしなくていいよ。大切な人だけがわかってくれたら、それでいいんだ」

「ジャック……」

俺はセシリアを安心させるために微笑んだ。セシリアの優しい瞳に俺がどれだけ救われたかわからない。他のことなんてどうでもいい。君が大切な恋人だってセシリアに伝わっただけで十分報われているのだ。アニメのジャックはセシリアに出会うことすらできなかったのだ。セシリアが隣で微笑んでくれるだけで嬉しいよ。

無言で静かに見つめ合っていた俺たちを邪魔する奴が現れた。バダン先生である。

彼がドアを開けて騒がしく入ってきたので、俺たちは慌ててパッと離れた。せっかくセシリアといい雰囲気だったのに、バダン先生、空気を読めよ。ルッツたちは席を外してくれたんだぞ。

「ジャック、お前に相談があってな」

「バダン先生が死にたいなら喜んで介錯《かいしゃく》しますよ。俺の一刀両断ならさほど苦しまないですし」

俺はアイテムボックスからミスリルの剣を取り出し、準備万端です！

「おいおい、誰が死にたいって言った。……ジャック、剣を抜くなよな。それに睨むなよ……。お前、視線で人を殺せるんじゃないか。いいから剣をしまえ」

「ジャック、落ち着いてよ。お世話になっているんだし、先生の話を聞いてあげて」

俺はバダン先生に向き合う。つまらない要件なら叩き斬るから！

「怖いな……。ロロア村のことなんだが、ストロベリースライムのドロップアイテムしか特産品がないんだよ。それで俺は村の生産品で珍しい料理とかどうかなと考えたわけだ。ジャックは料理バトルで優勝しただろ？」

「俺に料理のレシピを考えろってことですよね。ロロア村で生産している食材は小麦以外にあるんですか？」

「ケーキ用の小麦以外はないな。ケーキを考えてみたが、そもそも、俺はケーキの作り方を知らない。それに卵がいると聞いたけど、村では手に入りにくいから諦めたんだよ。ジャック、何か思い付かないか？」

ケーキ用の小麦はたぶん、薄力粉になるだろうな。薄力粉の料理は天ぷらくらいしか思い浮かばない。それに卵が手に入らないなら天ぷらは無理か。あとお菓子は、クッキーくらいしか作ったことはない。

「でも、クッキーはどこにでもあるよなあ……」

「ん？　クッキーってどんな料理だ？」

「えっ？　知らないんですか？　お菓子ですよ」

バダン先生とセシリアは知らないらしい。あれ？　俺の記憶でもこの世界でクッキーを食べたことがない。パンとケーキがあるのにクッキーはないのかよ！

「クッキーは小麦粉とバターと牛乳と砂糖があるなら、卵がなくても簡単に作れますけど」

「よし、材料はそろうから作ってみてくれ！」

◆　◇　◆

さて、エプロンを付けた可愛いセシリアと一緒にクッキングのお時間です！

「まずは、バター五十グラムを用意しボールに入れて放置して溶かします。次にケーキ用の小麦粉を百グラムと砂糖を五十グラムキッチリ計って、革袋に入れて上下に振って混ぜ合わせます！」

セシリアが革の袋に小麦粉と砂糖を入れて必死で振ってくれた。

「バターが溶けたら革袋の小麦粉と砂糖をボールに少しずつ入れて混ぜ合わせて、牛乳を大匙《おおさじ》で三杯加えてこね回します。上手いよ、セシリア」

「そうかな。何か楽しいね。これくらいでいいの？」

セシリアが時間をかけてこね回し、黄色っぽいクッキーの生地が完成した。

「うん、その生地を丸い棒状の形に整えて、綺麗な布で包んだら、冷蔵庫に入れて三十分ほど放置かな」

「結構、簡単なんだね。この棒の形のまま焼くの？」

「いや、棒状の生地を切ってコインみたいな形にして焼くんだ。もし、ダメだったら材料の割合を変えたりしていろいろ試してみるよ」

この世界の食材でクッキーが上手くいくかわからないけどな。

俺は食材についてバダン先生からいろいろ聞いてビックリした。

まず、この世界の牛乳と肉と卵は、全部ドロップアイテムだったってことが驚きだった。

肉とバターと牛乳は、バルホーンのランク3でドロップするから安く買える。卵は、チキンハンドのランク6でドロップするから高価で手に入りにくい。小麦や野菜、果実などはモンスターに食い荒らされることがないから作っている、などなど。異世界の食料事情は俺が思っていたのと全然違っていた。

また、お菓子を作る料理人は王族や貴族が囲い込んでいてレシピも秘密にされているらしい。売られてないのだから、庶民がお菓子を食べる機会がないし、レシピが秘匿されているから作り方も知られていない。

俺はドロップアイテムが料理にどう影響するのか不安だった。クッキーが存在しないのは料理人にも上手く作れなかったからだという可能性もある。

俺は冷蔵庫から取り出した生地を一センチ弱の厚みに切り分け、鉄板に載せてオーブンで焼いた。十五分ほどでクッキーは焼き上がるはず。クッキーの焼き色を確認してから取り出して、鉄板をテーブルの上に置いた。

「これがクッキーなんだね。美味しそう」

やはり、女の子はお菓子が好きなのか、セシリアは目をキラキラさせてクッキーを見ている。俺はクッキーを一つ持ち上げて、ふうふうして冷ましてあげた。

「あまり期待されても困るけどね。ほら、セシリア。あーん」

「えええええええええっっ！　う、うん。あーん」

恥ずかしがるセシリアの口にクッキーを放り込んだ。俺も焼き上がったクッキーを食べてみる。

バターの濃厚な味が口の中に広がり、サクサク感がすごい。俺の前世と同じレシピだけど、こっちの方が美味しいかもしれない。

「サクサク、ふわーんって食感だよね。これ、不思議と食べたくなるかも」

「まあ、成功かな。もう少し厚く切っても良かったかもな。セシリア、みんなを呼んできてくれるかな。俺は試食用のクッキーをもう少し作っとくよ」

「うん、わかった」

しばらくしてキッチンに全員集まって試食会が始まったのだが……。

サクサクサクサクサクサクと無言でクッキーが消えていくだけ。お前ら、試食会の意味はわかるよね？　頼むから食べた感想を言ってくれ。

「確かに帝国でも見たことないお菓子だな。ジャックは貴族のクセに料理上手いよな。これなら売れるんじゃね？」

「僕も見たことはないですね。新しいお菓子として売れると思いますよ。サクサクして美味しいですから」

ラルフとルッツもクッキーを知らなかったようだ。本当にクッキーは存在しないのかな。ザックとエルザには感想を期待していないからいいとして、バダン先生の感想は？

「これは卵は必要ないのか？　それにしては濃厚だな。さすが俺の生徒だ。でかした！　ただ、俺はもう少し甘い方が好きかもしれないな」

　バダン先生は甘党だったようだ。作り直すのもめんどくさいので、改良案だけバダン先生に教えておく。

「ジャムを付けてもいいし、干した果実を混ぜてもいい。あとはご自由にしてくださいよ。これがレシピです」

「うむ。そんなに難しい料理法でもないんだな。これなら村の女衆《おんなしゅう》に任せられるし、材料もすぐそろうな。あとは、材料費をどう抑えて、いくらで売るかだな」

　バダン先生はレシピを見てブツブツ考え始めた。

　ふと気が付いたらクッキーが全部食われていたので、俺は残りのクッキーの生地を焼き始めた。もう、これで最後だからな！

「よし！　まずはこのレシピ通りに作って王都で売ってみるか！」

　ロロア村に新たな特産品が生まれた瞬間だった……、かもしれない？

第１７話　〇〇の盾

　バダン先生の考えていた、王都でクッキーを売るという案は早々にダメになった。

王都の平民が住む第三区画の営業許可証なら簡単に手に入ると思ったのだが、現実は厳しかったようで入手できなかったのだ。王都に出店できれば、人が多いから成功しやすいと考える商人と料理人は多いからな。

結局、バダン先生はロロア村から歩いて一時間半のところにいる町の貴族に頼んで営業許可書をもらい、町に小さな店を買ったらしい。クッキーが売れるかどうかもわからないのに、もう店を買っちゃったとか、俺は責任取れないよ？

店では、薄く焼いたクッキーにジャムを塗ったジャムサンドクッキーに加え、小瓶に詰めたイチゴジャムを販売するみたいだ。

バダン先生は、今、帰ってきたお兄さんと出店についての会議中だ。

ちなみに今日は、ようやく学園に帰る予定日だが、俺は確認したいことがあったので村の広場に来ていた。

実は俺はこの村での経験値稼ぎによって、スライムナイツのジョブランク２に上がっていたのである。ではさっそく、ランク２のスライムを呼び出して騎乗してみよう！

さあ来い！　我が相棒よ！

魔法陣が浮かび上がり、光とともにスライムが現れた！

＝＝＝＝＝＝＝＝＝＝＝＝＝＝＝＝＝＝＝＝＝＝＝＝＝＝＝＝＝＝＝

【召喚獣名】スライム（青／ランク2）
【説明】　賢さと旋回能力が上がったスライム
【スキル】　スライムターン
＝＝＝＝＝＝＝＝＝＝＝＝＝＝＝＝＝＝＝＝＝＝＝＝＝＝＝＝＝＝＝＝＝＝＝

前より色が濃くなった青いスライムの登場です。

サイズも一回り大きくなったかな。色は、黒色か銀色が赤色で迷ったが、セシリアが絶対に青色と言ったのでそうした。セシリアから贈られたパジャマの刺繍のスライムは青だったし、他の色にしなくて良かったかもしれない。

さて、新しい相棒にまたがって練習だ。

俺はスライムを全力で走らせた。スライムの跳ね方が、「ぽよ〜んぽよ〜ん」から「ぽよんぽよん」とテンポが速くなって、速度も上昇しているようだ。

そして、俺がスライムを旋回させたら着地と同時に急反転した。あまりの回転速度に、俺はスライムから振り落とされて地面に転がる。マジかよ……。

賢さと旋回能力が上がって、スライムの反応速度が三倍になっている。普通のスライムから、変態機動スライムにクラスチェンジしたみたいだ。青いスライムは化け物か！

俺は慌てて立ち上がった。スライムから落ちた姿を見られたら恥ずかし過ぎる。スライムはジーッと落ちた俺を見つめていた。

スライムの間抜けな顔が、ドヤッとしているように見えるのは気のせいなのか……。

「いいだろう！　相棒とは戦って認め合うことで絆《きずな》を深めるのだ。俺はお前を絶対に乗りこなす！」

俺はドヤ顔のスライムに指を突きつけ宣言してから、再び騎乗した。

スライムは、はっきりとした足がないから前後左右に動くときに独自の機動を行う。前は向きを変えるのに三回飛んでいた。今のスライムは二回で反転し、スキルの「スライムターン」を使えば着地と同時に百八十度旋回することまで可能になった。

馬並みの速度で跳ね回り、変態機動で旋回するスライム。なかなか乗りこなせないが、スライムに乗った上で、本来は武器を持って戦うのだ。慣れるしかない。

俺はスライムに乗って広場を疾走し、スライムターンを命じた。高速のスライムが一瞬で回転し、俺は再び地面に叩き付けられる。

「くそー、なかなかやるな！　もう一度だ！」

俺は立ち上がりスライムに騎乗する。スライムに乗れないスライムナイツはただのナイトだ。俺は振り落とされないように足を踏ん張り頑張った。

結局、俺とスライムの戦いは二時間に及んだ。俺はスライムから十回以上落ちて、ようやくスライムを乗りこなすことに成功した。

「今日はこれくらいにしてやるよ！」

擦り傷だらけで地面に転がった俺の周りをスライムが跳ね回っている。俺はスライムを乗りこなした達成感に酔いしれていた。見上げた空の色が青いぜ！

俺が肩で息をしながら大の字に地面に転がっていたら、セシリアが覗き込むように俺を見つめてきた。セシリアは出発の用意ができたから俺を呼びに来たみたい。

「ジャック。その傷どうしたの？　動かないで、キュアヒール」

セシリアの魔法で俺の体の傷が癒えていく。

「ありがとう。ちょっと相棒と戯《たわむ》れていただけだ。心配しなくてもいいよ」

「ん？　相棒って、ああっ！　スライムの色が濃くなってるね。それに大きくなってる。わあー近くで見ると可愛いよね。ねね、今度、乗っていいかな？」

「もちろんいいけど、このスライム可愛い顔して結構、じゃじゃ馬なんだよな。出発の準備できたの？」

「うん、みんな待っているよ。ほら、急いで」

俺はセシリアの手を借りて起き上がり、集合場所の村の入り口へと急いだ。夢中でスライムを乗りこなす練習をしている間に、太陽は中天を過ぎていた。早く出立しないと学園に戻るのが夜になってしまう。

村の入り口にはもう全員集合していた。

「遅いぞ、ジャック。出発する前に渡しておくものがあるんだ。ほら、お前にお似合いの盾だ。

クッキーのお礼だよ」

バダン先生は青色の盾を取り出して俺に渡してきた。青色の盾は五角形でホームベースみたいな形だ。盾には交差する剣と疾走する青いスライムの紋章が描かれている。


＝＝＝＝＝＝＝＝＝＝＝＝＝＝＝＝＝＝＝＝＝＝＝＝＝＝＝＝＝＝

【アイテム名】　スライムナイツシールド
【説明】　スライムナイツ専用の魔法の盾。衝撃を吸収し、ダメージを軽減する効果がある

＝＝＝＝＝＝＝＝＝＝＝＝＝＝＝＝＝＝＝＝＝＝＝＝＝＝＝＝＝＝

おおおっ！　スライムナイツ専用だと！

スライムの紋章がかっこよく輝いて見えた。

「バダン先生ありがとうございます！　気に入りましたよ。使わせてもらいます」

「それは良かった。友人の店でスライムナイツ専用の盾が売ってたから買ってきたんだ」

原作で主人公のもらった武器ではないが、バダン先生と修行して防具をもらった。これは、教師イベントだったんだろうな。

いや今は深く考えても仕方ない。俺はスライムに乗りスライムナイツシールドを背負ってみた。

「ジャック。すごく可愛い。似合うよ！」

セシリアは手放しで褒めてくれたのに、ラルフは腹を抱えて笑いやがった。

「くくっ、スライムの紋章ってかっこいいけど、ちょっと弱そうだよな？」

「僕に振らないでくださいよ。でも、まあ、これで魔王のイメージが少しは弱まると思えば……」

ルッツのフォローは微妙だったが、俺はこの盾が気に入ったから良しとした。

こうして、バダン先生の合図でロロア村をあとにする。

馬車は村から街道に出て学園に向かって疾走する。そして馬車の横をぽよんぽよんとスライムナイツが走る。ん？

「あれ？　今さら気付きましたが、また、俺が外で護衛ですか!?」

「やっと気が付いたのか。でも、答えは来たときと同じだぞ。せっかく騎乗用の召喚獣があるんだから練習になるだろ」

「まあ、護衛しますけどね。なんで俺ばっかり……」

「ブツブツ言わずに敵が出たぞ。さっさと狩ってくれ」

俺はラルフのセリフを真似しつつ、ため息をついて馬車の行く手を阻むストロベリースライムを瞬殺したのであった。

第18話　悪役令嬢！

無事、学園に戻ってきた翌日。

会議室で、俺、セシリア、ルッツの三人が連休中のレポートをまとめていると、何者かがノックして入ってきた。

「ごきげんよう」

優雅に微笑を浮かべて挨拶するのは、原作のヒロインの一人、システィナ・エルナー。

腰まで長く伸ばした黒髪と切れ長の目を持つ絶世の美女。生徒会長の従妹《いとこ》で、宰相の姪《めい》でもある。

頭が良く魔法学校のSクラスにいる。

ゲームでは、国のために裏でいろいろ動く策略家で、だからこそ逆に裏表のない主人公に惹かれていくという設定だった。まあ、アニメでは、主人公の敵を罠にハメるので悪役にしか見えなかったけど。

「ごきげんよう！　あっ、彼女は私の友達でシスティナちゃんだよ」

セシリアが満面の笑みでシスティナに駆け寄り、俺たちに彼女を紹介した。大浴場でできた友達はシスティナだったらしい。俺は驚きながら無言で頭を下げた。

焦った様子でシスティナがセシリアに告げる。

「セシリア様、バダン先生が呼んでいましたよ」

「先生が？　なんの用だろう？　わかった、行ってくるね」

セシリアがパタパタと部屋から出ていった。

システィナは、セシリアと一緒に行かず部屋に残っている。もしや俺たちに用があるのか？　正直、関わりたくないのだが……。

「ジャック・スノウでしたわよね。あなたにお話があるのですが」

「僕は外しましょうか？」

「そうしていただけると助かります」

空気を読んだルッツが立ち上がり部屋の外に出る。ますます嫌な展開である。策略家のシスティナが俺に話したいことって……、嫌な予感しかしないな。

「単刀直入に言います。ジャック・スノウ、私と取り引きしませんか？」

って、本当に単刀直入だ。冷静さを装って、俺は返答する。

「内容にもよるけどな」

「いいでしょう。ではさっそくですが、お願いしたいのは二つ。まず、中立のままでいてもらうこと。その引き換えに、私はセシリア様の重要な情報を提供します。二つ目は、これ以上の騒ぎを起こさないこと」

システィナみたいな頭のいい奴は、話を省略し過ぎなんだよな。まったく意味がわからない。

「中立とか言われてもよくわからないな。それに騒ぎを起こした覚えはない」

「騒ぎの自覚がないの？　王都の豪商を軒並みつぶしたのは覚えてませんか？　あと、フィリス皇女様を観衆の前で叩きつぶしたわよね？　あれで十分国際問題になると思わなかったの？」

豪商のほうは学校の準備をしてただけ。フィリスの場合も、フラグイベントをつぶしただけだ。とはいえ、そのままの理由をシスティナには言えないから、俺はそれっぽい理屈をこねて言い返した。

「不満があるなら被害に遭ったという商人が直接王国に訴えればいい。フィリスを倒したのは悪くないだろ。学園は身分で差別しない決まりになっているんだから。皇女でも平民でも、俺は全力で戦うだけだよ」

「建前はそうでも、宰相の伯父《おじ》様は苦労したのよ。幸い皇帝陛下は笑って許してくださったけど。あと、商人が訴えることは無理ね。全員行方不明なの。あなたがやった……、わけではなさそうね。ごめんなさい」

俺の驚いた顔を見てシスティナは謝った。どうやらシスティナは俺を試したようだ。油断も隙もない。商人は口封じのために、どこかに追いやられたのかもな。

「ともかく王国を滅茶苦茶にしないでほしいのよ。今は特にね。つまり、第一王子に付いてほしくないし、第二王子にも加担しないでほしい。そういう意味で、中立を保っていてほしい。これでどう？」

「加担しないってだけで、情報をくれるのか？」

彼女の意図がよくわからないので俺は警戒を強めた。そもそも正直、原作のヒロインたちとは関わりたくないんだけどな。

「ええ、仲の悪い王子たちが争って学園が二つに割れてしまうのが怖いのよ。今はどこに火種《ひだね》があるかわからないの。あなたみたいな目立つ存在が王子に関わらないだけでも、私の苦労は減るわ」

ちなみにゲームでは、彼女の頑張りも虚しく学園は二つに割れてしまうけどな。

まあ、俺は王子二人のどちらにも加担する気はない。システィナの情報はセシリアを守るためには必要だし、ここはうなずいておくか。

「わかったよ。ジャック・スノウの名にかけて中立を誓おう」

「あなたが私の思った通りの人で良かったわ」

そう言うと、彼女は机の上に一枚の紙を滑らせた。そして優雅に去ろうとして、最後に振り返る。ドアの前で俺に告げた。

「私はセシリア様みたいに裏表のない人は好きよ。あの方はよく王宮で無事だったと思うくらい素直な子ね。あなたが守りたいと思うのも無理ないわ。では、ごきげんよう」

「どうも。システィナは生徒会長に似ているってよく言われるんじゃないか？」

「そうなのよね。なんででしょう」

ドアを開けて悪戯《いたずら》っぽい笑顔を見せると、彼女は軽やかに部屋を出て行った。さすがはガルハン二大ヒロインの一人で会長の従妹。腹黒さが半端ないよ。俺は紙を見ながらため息を吐いた。

システィナがくれた情報は、第二王子にして主人公の仲間であるエドワードの武器入手イベントに関するものであった。

◆　◇　◆

エドワードの専用武器は「黒太子《こくたいし》の長剣」である。王位に相応しい者だけしか、鞘から引き抜けないという伝説の武器だ。

原作の入手イベントは、王家御用達商人ネルバが誰も抜けない謎の剣を手に入れ、剣を抜いた者に賞金と剣自体を進呈すると宣伝したことをきっかけに発生する。

多くの騎士が集まり、誰も抜けなかったが、最後にエドワードが引き抜く。あとで伝説の黒太子の長剣だったことが判明する、というストーリーだ。

システィナからのメモでは、王妃様の策略によるやらせだと、その内情がばらされていた。要は、エドワードの人気取りのためのイベント。そもそも黒太子の長剣は、キングナイト専用だからエドワード以外に抜けないいんだ。

ネルバは王都一の豪商にして、王妃様のお気に入り。王妃様は、王子である二人の息子を守るために、ネルバを使って他の庶子が台頭できないようにつぶしている。セシリアもその被害者だ。セシリアの杖が手に入らないのは、ネルバが妨害しているからだとも書いてあった。

こんな物騒な情報を伝えてくるとは……。つくづくシスティナを敵に回したくないものだ。

俺的には、黒太子の長剣を手に入れてイベントをつぶし、ついでに王妃様とネルバの仲を裂ければ理想的だが……、難易度がハードモード以上のような気がするな……。


さっそく週末、俺はネルバの店の前に行ってみた。さすがに王都で一番の店だけあってでかい。

店の前まで来たとはいえ、正面から行くつもりはない。

俺は透明人間になって店に入った。

広大な店内には、多くの装備品が並んでいる。棚や壁にぎっしり並べられた装備品は、ネルバがいかに有力な商人であるかを示している。

店内の中央に警備の見張りが一人立っている。その台の上に、黒太子の長剣が置いてあった。

黒太子の長剣は、ザックの持つ黒鉱石の長剣と似ている。というかほとんど一緒だ。素人《しろうと》目にはわからないし、プロでもちゃんと鑑定しなきゃ見分けられないだろう。重量もほとんど同じだ。

そう、今回はその特徴を利用するというわけ。

さっそく俺は、警備の隙をついて、店内の黒鉱石の長剣を黒太子の長剣とすり替えた。黒鉱石の長剣を置くときに音を出してしまって、危うく見張りに気付かれるところだったぜ。

さて、作戦の第二幕だ！

透明人間を解いた俺は、普通に店の前に立つ。そして出迎えてくれた商人に案内を頼んだ。

「ジャック様はどのような商品をお求めですか？」

「友人に黒鉱石の長剣を贈ろうと思ってな。ん？　あれはなんだ？」

「これは我が主ネルバが手に入れた謎の剣でして誰も引き抜けないのです。引き抜けば賞金と剣を差し上げることになっており、こうして中央に飾ってあるのでございます」

「ほう、面白そうだな、俺も試していいか？」

「もちろんでございます。ささどうぞ、こちらに」

俺は台の前に立つと、難なく引き抜いてみせた。そりゃそうだ、黒鉱石の長剣なのだから。

その光景を見て商人は面白いほど青ざめているが、のんびりしてもいられない。俺は商人に鑑定スキルを発動される前に、外に出る振りをした。

「よし、気に入った。賞金はいらないから、この長剣をもらっていくよ。案内に感謝する」

俺が店の入り口に向かってスタスタと歩き出すと、商人は慌てて引き留めた。

「いえ、少しお待ちを！　ネルバを呼んでまいりますので」

「ネルバ殿はお忙しいんだろう？　まあ、それほど言うなら待ってもいいが。礼も言いたいしな」

商人が店の奥に走ると、すぐさま絹の服を着て、豪奢《ごうしゃ》な飾りを付けた中年の男――ネルバが現れた。にこやかな笑顔で好感の持てる感じの商人だな。

「私が、この店の主ネルバでございます」

「ネルバ殿か。忙しいのにわざわざありがとう。俺はスノウ子爵家嫡子のジャックだ。良き剣をもらえたので感謝する」

「さっそくのお願いで誠に恐れ入りますが、その長剣を買い戻したいと思っております。損になるようなことはさせませんので、いかがでしょうか？」

笑顔を崩さず、柔らかな物腰で言うネルバ。さすがは超一流の商人だ。

「ネルバ殿には何か事情があるのかな？　なら仕方ないな。うーん。この長剣を返す代わりに店の剣を一つもらっていいだろうか？」

「もちろんです。ジャック様のご提案に感謝します」

店には最高級品のオリハルコンの剣とかあるのに即答ですか。

俺は熱心に選ぶ振りをして、すり替えておいた黒太子の長剣を手に取った。

「この長剣をもらう。交換でいいんだな？」

「え？　そんなにお安い剣でよろしいんでしょうか。はい。どうぞ、お持ち帰りください。このことはご内密でお願いいたします」

「わかった。これでネルバ殿に貸しができたな。では、失礼するよ」

「またのご来店をお待ちしております」

俺はネルバに見送られて店を出ると、すぐさまアイテムボックスに黒太子の長剣を放り込んだ。

これで、エドワードの武器入手イベントはつぶした。

黒太子の長剣をなくしたことで、ネルバの信用は下がり、セシリアの杖探しも幾分かはしやすくなるはずだ。

第19話　相棒対騎士！

俺がルッツを連れて教室に入ると、クラスメイトが一斉に静まった。

俺の嫌われっぷりは絶大だ。

ちなみに教室の窓側の一番後ろのベストポジションが俺の席になっている。いつの間にか席替えし、自然とこの席をゲットした。俺の前の席はルッツで、俺たちに声をかけてくる生徒はいない。

椅子の上には、スライムの刺繍入り座布団が敷いてある。これはセシリアが作ってくれたもので俺のポケットの中には同じ仕様のハンカチが入っている。セシリアが作ると間抜けなスライムの顔が可愛く見えて和むな。

先生が来て、授業が始まる。

今日の授業は王国史だ。ガリア王国の歴史は、ヴィクトリア帝国との血みどろの戦いが多いのでほとんど戦史と言っていい。

帝国との和平に漕ぎつけたローズマリー女王陛下の話から始まる。

ローズマリー女王陛下は、ガリア王国唯一の女性の国王で、非常に人気がある。帝国との戦いでは百戦百勝で、王国の基礎を作り上げた優れた人物だ。

人気の女王陛下の話で生徒の興味を引く作戦だろうな。

「今日は、第七次のエルライン山の戦いだ。まず一万八千の帝国軍がエルライン山に陣を敷いた。山を取られた女王陛下率いる二万の王国軍は、麓《ふもと》に陣を張り、十日間睨み合いを続けた」

王国北部のエルライン山周辺は、川と丘と森が入り組んだ地形で重要拠点である。王国軍と帝国軍は、毎回この地を奪い合う戦いを繰り広げていた。

そして、この第七次のエルライン山の戦いで、俺のスノウ子爵家とカインのラッセル子爵家の確執が始まったらしい。

「女王陛下の名参謀長ガイル・ラッセル子爵は、この時期に東風が吹けば霧が出ることを知っていた。そこで、霧にまぎれて夜襲するという作戦を進言する」

中央の席に座っていたカインが自慢気な顔している。先祖の名前が出てきて嬉しいのだろう。

「しかし、王国軍が静かすぎることに違和感を覚えた帝国軍は、夜の間に山を下りた。そして夜襲のために軍を分けていた王国軍を急襲。霧が晴れたときに策を見抜かれていたことを知った女王陛下は、死を覚悟したと言われている」

そこで、ジャックの先祖の登場である。

「帝国軍が突撃しようとしたとき、背後の森から王国の旗が翻《ひるがえ》り、ジャン・スノウ子爵率いる別働隊が現れ、帝国軍の背後から攻めた。こうして呆気なく敗北を喫した帝国はローズマリー女王陛下と和平を結ぶのである」

カインの顔色が変わり、俺を睨みつけてくる。

先生はさらに続ける。

「ジャン・スノウ子爵が武勲を上げられたのは実は偶然だったと言われている。濃霧と複雑な森で迷っているときに、たまたま帝国軍を発見したらしい」

そう、ジャン・スノウ子爵の活躍は単なるまぐれだった。

名参謀長ガイル・ラッセル子爵は、女王陛下が王女だった時代から活躍し、彼女の百戦のうち九十九回の勝利を王国にもたらしたという。しかし、このたった一戦だけで、ジャン・スノウ子爵に名声を奪われたのであった。

俺はカインに睨まれながら一時間半の授業を過ごした。

休憩時間はルッツがクラス委員長に呼ばれてしまい、俺は一人になった。

ルッツはクラス委員長からの伝言を俺に伝える役にされている。前に、「俺ってそんなに怖いの？」とか聞いたら、クラス委員長はドン引きしてた。それ以来、俺と委員長は話していない……。

次の授業はみんな大好き、スキルと魔法の勉強だ。

バダン先生が大声は張り上げる。

「いいか！　ひよっこ共！　フレアボールとファイアボールは魔法使いの頭上に出現する。発射されると頭の上を一直線に飛び、一度だけ追尾してきてお前らに向かって曲がって落ちる。曲がったら全力で後ろに飛べ。わかったか！」

「「はい！」」

「ウインドボールとサンダーボールは魔法使いの手から放たれる。追尾してくるようなことはほとんどないが、発射速度はクソ速い。お前らみたいなひよっこは詠唱を聞いた瞬間に全力で横に転がれ！」

「「はい！」」

「ウォーターボールとコールドボールは追尾性が高い。かわすには必ず左右にフェイントを入れろ！」

「「はい！」」

「サンドボールとダークボールは地を這《は》うように発射される。上下の追尾性は高いが左右には弱い。落ち着いて右か左にかわせ、お前らならできるはずだ！」

「「はい！」」

「盾を持つ奴はサンダーボールとダークボールは絶対に受けるな。麻痺と毒の状態異常にやられるぞ。注意しろ！」

「「ラジャー！」」

バダン先生の授業は、体育会系方式である。スキルと魔法の授業では上手くいくのだが、大陸史などの座学では、生徒を真剣にさせることができないと嘆いていた。

バダン先生は黒板にそれぞれの魔法の軌道を描き、回避のポイントを何度も教えてくれた。スキルと魔法の授業は実戦にも使えるから生徒はみんな真剣だ。

授業はあっと言う間に終わった。好きな科目だと時間が過ぎるのが早く感じるよ。俺の苦手な大陸史は苦痛としか思えないからなあ。

ノートと教科書をしまい、ルッツと一緒に教室を出た。

「さっき呼び出されてたけど、委員長はなんの用だったんだ？」

「前に申請していた室内練習場の許可が下りました。今日から使えますよ。セシリア様から室内練習場で会おうと伝言もありました。行きましょう」

そうそう俺はスライムの騎乗の練習場所を探していたのだ。スライムから落ちるところを人に見られるのは恥ずかしいからな。

「すまんな。ルッツ、伝言ばっかり任されて大変だろう」

「いいえ、僕はジャック様と友達になれてよかったですよ。ジャック様の子分みたいに思われているようで虐められることもありませんし、クラス委員長からは頼られています」

「それならいいが、困ったら俺に言えよ」

「大丈夫ですよ。食堂での孤立には驚きましたけど。まあ、あれは笑うしかないですよね。えっと、第十三室内練習場です。こっちですね」

「借りたのは昼休みの間だけだっけ？」

「そうですよ。あっ、そういえば、連休中にエドワード様のパーティが、またスキルモンスターを倒したようですね」

「へー、スキルモンスターが落とした精霊の種はなんだったんだ？」

「よくわからないんですが、昨日、王都のオークションで売られたらしいです。とんでもない金額だったって友達が言っていました」

えっ、今回もクレイは食べてないの？

クレイはすでに友情の精霊の加護を持っていると偽っていたから、食うとは言えなかったのかもしれない。にしてももったいないな。

「そんなに高かったのか、誰が買ったんだ？」

「白金貨《はっきんか》を積んで侯爵家の方が買ったらしいですよ。白金貨を積むなんて羨ましいですよね。僕は一生拝めそうにないです」

白金貨というのは金貨百枚に相当する貨幣で、まず流通はしていない。あまりに高額だからだ。

ともかくクレイは精霊の種を食えなかったようだが、白金貨という大金が転がり込んだことになる。種はなくとも、まだまだ油断できないな。

「まあ、侯爵家ならポンと出せるんだろうな」

「ジャック様は白金貨を見たことがあるんですか？」

「数枚ほど持っているが積むほどはないな。ルッツが持ってみたいなら一日財布に入れとくか？」

「結構です！　小心者なので、そんなものも持ってたら外を歩けませんよ。あっ、ここですね」

校舎の北側には多くの練習施設が立ち並び、倉庫街みたいに見える。俺たちは扉に「１３」と大きく書かれた練習場に入っていった。

しばらくしてパーティメンバーが全員集合する。土の地面に布を敷いて、パンとお茶だけの簡単な軽食を済ませると、セシリアがスライムに試乗したいと言い出した。

「ジャック、先に私が乗っていいかな？」

「いいよ。前に約束してたしね。スライムを召喚するよ。来い！」

俺が召喚すると魔法陣の上に青いスライムが現れた。

スライムに乗せるのは問題ないが、セシリアの着ているプリンセスメイルは、下がミニスカートになっているのが気になる。そう心配して、目線でそれとなく示してみると……。

「大丈夫だよ！　ほら、短パンはいてるし」

「ぶはっ、セシリア！　頼むからスカートを捲《めく》らないで！」

短パンとはいえ、女の子のスカートの中は男子にとって目の毒だ。ルッツが反応に困っているよ。

「ごめんごめん。じゃあ乗るね。スライムさんよろしく！」

スライムはセシリアを乗せて走り始めたが、妙に遅いし旋回も緩やかだ。スライムの奴、手を抜いているように見えるな。

「わあああっ、速い速い！　気持ちいよ！」

ぽよ～～ん、ぽよ～～んと跳ねるスライムに可愛いセシリアが乗っている光景って、見ているだけで和むな。セシリアは五分ほどで満足しスライムから降りた。

「楽しかったよ。このスライムさんは素直でいい子だね」

セシリアに撫でられたスライムの顔がデレデレしているように見えた。なんか、俺の相棒、たまにムカつくんですが！　テンションが上がったのか、スライムは俺の周りを跳ね回っている。それを見たラルフが言う。

「楽しそうじゃん。ジャック、俺もいいか？」

「いいけど、旋回に気を付けろよ。こいつ、本当にじゃじゃ馬なんだからな」

「おいおい、俺はランク7のナイトだぜ！　スライムくらい楽勝だって！」

「スライムを舐めるなよ。落ちたら笑ってやるからな！」

余裕の表情でラルフはスライムにまたがった。スライムを走らせ、旋回した瞬間、ラルフは地面に転がった。

「ぐはあああっっ、痛ええええっっ！　なんだこいつの機動、おかしくね？」

「だから言ったのに、ランク7のナイト様も落ちる変態機動なんだよ！　こいつ、さっき絶対手を抜いてたぞ！」

「くそっ、なんか腹立つな！　もう一度だ！」

スライムはラルフを乗せるとスライムターンを連発して振り落とした。おまけに落ちたラルフの背中の上でぽよ~んと跳ねている。

「こいつ、ぜってーワザとスキル使ってやがる。性格悪くね?」

「そうかな。私が乗るよ」

セシリアはそう言うと、再びスライムにまたがった。

どうやら俺の相棒のスライムは、セシリアが乗るとゆっくり丁寧に走るが、ラルフが乗ると容赦なく跳ね回り、スライムターンで大地に転がすようだ。我が騎士ラルフは、スライムの前に何度も敗北していた。

第20話　擬態×擬態

昼休みが終わったら、セシリアと別れ、Aクラスの演習場に向かった。

入学から一月経つとダンジョン実習が本格化する。地下二階以下の階層にも潜るようになるのだ。パーティメンバーが固定されるのもこの時期だ。

S、Aクラスの生徒は大抵初期メンバーでパーティを組んでいるらしいが、他のクラスでは分裂したパーティが先生の手によって再編成され、他のクラスと組む生徒も出てきているようだ。

パーティの分裂原因は、人間関係やジョブの相性などいろいろある。ランキングが貼り出されるようになってからは、演習場で喧嘩するクラスメイトを毎日のように見ていた。

演習場に行くと、カインがクラスメイトに囲まれ称賛の声に包まれていた。昼休みの間に、彼のパーティがスキルモンスターを倒したという噂が広まったらしい。

「どうやってスキルモンスターを倒したんですか、教えてくださいよ」

「魔法使いがいないんですよね。それで勝ったってすごいです！」

「まあ、待て。一度に言われても答えられん。それからだな……」

カインがクラスメイトに得意げに語っている。

俺もスキルモンスターを倒したよ？　魔法使いもいなかったし、二匹倒したし、しかも、あのときはパーティは四人だよ？

それにクラスのお前らはスキルモンスターを倒した俺を怖がってただろ？　なんでカインだとべた褒めなの？　これは俺、怒っていいのかな。よし、お前ら、クラス会議でとことん話し合おうか！　でもまあ、いいか。俺は大人だからさ。しかし、ルッツへの風当たりが強くなっているのは少し気になるんだよな。

「魔王の腰巾着が、ついて行くだけでトップかよ。ペッ」

「チッ、雑魚がスノウ子爵家に取り入りやがって、騎士風情が」

クラスメイトの男爵家の生徒がルッツに聞こえるように悪態《あくたい》をついていた。

雑魚ってあのな、このクラスでジョブランク2なのは、俺とルッツだけだよ？　確かに、うちのパーティではルッツは一番頼りないかもしれない。でもな、ラルフとエルザとザックが強過ぎるだけでルッツはお前らより強いんだぞ！

俺がルッツを悪く言う奴に手を出せば、逆に風当たりが強くなるかもしれない。あとでシスティナにでも相談するかな。俺がそう考え込んでいたらバダン先生がやってきた。

「おーい！　騒ぐなひよっこ共！　点呼を取るぞ。……全員いるな。知っている奴もいると思うが、今日はダンジョンの地下三階に飛ばすからな。用意できたら俺のところに来い。以上だ」

学園のダンジョンは、奇数階が広大なフィールド、偶数階が迷宮型になっている。

迷宮型だと、スキルモンスターが曲がり角から出て来たら戦闘を避けようがない。

フィールド型なら、スキルモンスターを遠目で発見できるし、敵を見て逃げればいい。最近、スキルモンスターが出たというのもあって、逃げやすい地下三階に変更になったのだろうな。

カインがパーティを組むためにエドワードのいるSクラスに向かい、魔法学校からはセシリアが現れて俺たちと合流した。俺のパーティメンバーが集合して、バダン先生の前に並ぶ。

バダン先生はパーティごとにうるさいほど忠告をしていた。

「最近、スキルモンスターの出現が多い。地下三階はフィールド型だから危なそうな奴を見たら、帰還石で戻って騎士団に報告しろ。いいな！」

「「はい！」」

「では地下三階に飛ばす。健闘を祈る！」

飛ばされた場所は湿原地帯だった。

草が生い茂り、多くの木が無秩序に生えている。所々に岩や水たまりがあって地面がぬかるんでいた。ダンジョンの地下三階の敵はランク3のモンスターだ。

周囲を見渡し、敵がいないことを確認した俺は、スライムを召喚した。

「セシリア、こいつに乗って。前衛は俺とラルフとザック。ルッツとエルザは後衛を頼む」

「えっ？　私は嬉しいけど、ジャックはスライムを使わないの？」

「使わない。セシリアは危なくなったら距離を取って。こいつに乗れば危ないときには敵を振り切れるから、俺は安心して戦える」

「ジャック……」

「はいはい、見つめ合ってラブるのはダンジョンの外にしてくれよ。モンスターがいるんだからさー。って剣を抜くなよ！　ジャック」

いい雰囲気だったのに、ラルフが茶化すからセシリアが真っ赤になって俯いちゃっただろ。まあ、ダンジョンで油断してた俺が悪いから許してやるよ。

「ふん、ダンジョンだから剣を抜くのは当たり前だろ」

「怖い怖い。それに姫さん早くスライムに乗ってくれ。ちょっとヤバいかも」

「わかった。スライムさんこっちに来て」

スライムに乗ったセシリアを中心に陣を組んで敵を探す。ラルフはヤバいって言ったけど敵はどこにもいないぞ。流木《りゅうぼく》がいくつか落ちているくらいだ。

「全然、敵の姿が見えないんだが？」

俺の疑問に、ラルフ、エルザ、ザックがそれぞれ別の方向を指差す。

何かいるのか？　鑑定してみる。

ラルフの指差したのは木で、カメレオンヘルパーだった。

エルザの指差したのは水たまりで、シャボンスライムだった。

ザックが指差したのは岩で、ロックゴーレムだった。

「たぶん他にもいるぜ。あの木、よく見ると動いているだろ？」

ラルフがさらに忠告してくる。

「チッ、擬態しているのかよ。セシリアは後ろの開けた場所に移動してくれ。ルッツとエルザはセシリアの護衛を頼む。セシリアはロックゴーレムを頼んだ。盾を持ってる俺と二人は、殿《しんがり》でいいな」

「わかった。合図はどうする？」

「俺が敵に石を当てたらでいいだろう」

俺は小石を拾って皆が頷くのを見てから、水たまりに小石を投げ込んだ。

シャボンスライムが擬態を解いて丸い形になる。

さらに大きな目をギョロギョロ動かす迷彩色の爬虫類《はちゅうるい》型モンスターのカメレオンヘルパーが、木から離れて現れる。続くように、巨大な岩のゴーレムが土を巻き上げて立ち上がった。

ここは、モンスターの密集地だったようだ。

わらわらと擬態を解いて姿を現すモンスターたち。

セシリアの乗ったスライムが後ろにぽよんぽよんと跳ねて包囲網を抜け、ルッツとエルザがそれに続く。

俺はシャボンスライムを盾で弾いて後退する。俺は隙を見てカウンターを入れながら、背後の開けた場所に急いだ。

「ストライクランス！」

ルッツのスキル攻撃で、シャボンスライムが二匹まとめて消滅する。しかし、ドロップを確認する暇はない。

俺は後ろに移動しつつ、カメレオンヘルパーの突進を盾で防ぐ。俺の体にダメージが通り、衝撃が走った。多少のダメージをもらうのも仕方ない。

「スラッシュ！」

俺のスキル攻撃を受けて硬直したカメレオンヘルパーを追撃して沈め、さらに後退していく。

「あと十匹くらいか、ロックゴーレムの足の遅さに感謝だな！」

「ああ、でも、あいつが来るまでに他のを殺らないと面倒だぜ。ノックバック！　近距離攻撃しかない俺のジョブではつらいぜ」

「今は耐えろ。もう少し下がったら、そこで迎え撃つ」

セシリアの魔法の射程ギリギリまで後退してきた。盾が衝撃を吸収してくれるから、ダメージはあっても、体が衝撃で硬直しないのは助かる。

「サンダーランス！」

セシリアの魔法が炸裂して、カメレオンヘルパーが麻痺する。すかさず俺は連続攻撃を叩き込んで消滅させた。ランク３の敵だと、魔法一発を耐えるくらいのＨＰがある。シャボンスライムは楽勝だったがカメレオンヘルパーは攻撃力が結構あるな。

カメレオンヘルパーは舌を突き出して変則的な攻撃をしてくる。俺は慌てて盾で防ぎ、敵の頭に剣を叩き落とす。光となって消えたカメレオンヘルパーの後ろから、ついにロックゴーレムが突進してきた。

ロックゴーレムの振り下ろしたパンチを、俺はバックステップでかわした。地面が抉れ、土が跳ね上がる。ランク３でもモンスターによって強さは全然違うものだ。

遅い代わりに、ロックゴーレムの攻撃力、防御力、ＨＰは高い。俺は振り下ろされる拳を回避しながら、セシリアの魔法を待つ。サンダーランスでロックゴーレムが麻痺させることができれば儲けものだ。

「サンダーランス！」

雷撃の槍を受けてロックゴーレムはよろめいた。しかし、すぐに体勢を立て直して、拳を振り下ろしてくる。そのパンチを俺との間に割って入ったラルフが、盾で難なく受け止めた。さすがは盾の騎士だ。

「正面はラルフに任せた！　囲め！」

「了解だ！」

ロックゴーレムを囲み、通常攻撃でロックゴーレムをボコボコにして、最後はセシリアの魔法で止《とど》めを刺した。

「これで終わったな。みんな二人一組でドロップアイテムを集めよう」

「はい。僕は兄さんと奥を探します」

「私はエルザと真ん中だね。行こう」

ダンジョンの中ではコインが光るから、コインを見つけて周囲のドロップアイテムを回収する。光となって消えたゴーレムの下には、「ゴーレムの板」が落ちていた。ゴーレムの板はゴムみたいだな。コインの他に「宝箱」も落ちている。初めて見たな。

「おおおおっ！　宝箱じゃん。ラッキーだな」

「おい。ラルフ！　迂闊に触るなよ。宝箱に擬態した強力な敵もいるんだ」

「わかってるって。地下三階くらいで、そんなのは滅多に出ねーよ」

俺はラルフが不運の騎士だと知っているから、念を入れてラルフが持ち上げようとしている宝箱を鑑定したら――。

＝＝＝＝＝＝＝＝＝＝＝＝＝＝＝＝＝＝＝＝＝＝＝＝＝＝＝＝＝＝＝

モンスター名　　トレジャーマウス（ランク3）

説明　　　　　　宝箱に擬態した大きな口のモンスター

＝＝＝＝＝＝＝＝＝＝＝＝＝＝＝＝＝＝＝＝＝＝＝＝＝＝＝＝＝＝＝

トレジャーマウスはＨＰは少なく防御は低いが、攻撃力に特化した強力な宝箱モンスターだ。

「その宝箱はモンスターだ！　とっとと捨てろ！」

「へ？　マジか！　ぎゃあああああっっ！」

宝箱が急に巨大化し、大きな口でラルフの頭を呑み込もうとしている。俺はラルフを蹴り飛ばし、トレジャーマウスにスキル攻撃を叩き込む。

「一刀両断！」

トレジャーマウスの大きく開けた口を真横に一閃する。ＳＰを温存したかったが仕方ない。トレジャーマウスは一撃で沈み、また宝箱を落とした。

「危ぶねえぇっ、助かったぜジャック。マジあり得ねえ！　地下三階くらいでトレジャーマウスとか死ぬかと思ったぜ。それにまた宝箱か？」

「ああ、今度は正真正銘の宝箱だ。皆のいる前で開けよう。早く他のドロップを探せ！」

「了解だ」

俺は、目を凝らしてコインを探した。シャボンスライムのドロップは「シャンプー」で、カメレオンヘルパーのドロップは「迷彩の革」と「緑の鱗」だった。

ドロップアイテムを集め終わると、見晴らしの良い場所に集合した。

「私のとこには『リンス』があったよ。シャボンスライムのドロップかな？」

「たぶん、そうだと思いますよ。僕の方には珍しい物がドロップしてました。たぶん『七色の皮』だと思います。確かカメレオンヘルパーのレアドロップだったはずです」

「こっちは宝箱が出たから開けてみよう。誰か開けたい人はいるか？」

「はい！　私が開けてもいいかな？」

全員うなずいたのを見て、ワクワクしながらセシリアが宝箱を開けた。

「これってコインかな？　二枚あって『ゴーレム』と『ゾンビ』だね。ちょっと大きいから違うのかも」

「それはメダルだな。中身はそれだけ？」

「まだあるよ。ハンカチかな。えっ、これって！」

セシリアが摘み上げたのは白いビキニだった。布がかなり少ないセクシーなビキニである。

「ビキニアーマーだな。他の装備の防御力が上昇する効果のある女性専用装備か。それはセシリア用だな」

「えーこんなの無理だよ！　絶対無理だって！」

セシリアは白いビキニを見て、真っ赤な顔でぶんぶんと首と手を振る。

プリンセスメイルの下に着ければ、布が少ないくらい気にしなくていいのに。

結局、セシリアの必死の抗議も虚しく、彼女の防御力が低いことを理由に、ビキニアーマーはセシリア用になったのだった。

第21話　相談！

湿地帯を移動して、出会った敵と戦う。敵はバルホーンだった。厳つい二つの角を振りかざして突撃してくる。

フィールドの敵は三種類に分けられる。隠れている奴、俺たちを見たら逃げる奴、そして積極的に襲ってくる奴。バルホーンは人を見ると喜んで突っ込んでくるタイプだ。

基本、フィールドは魔法使いの守備が最優先。俺たちが敵を押さえセシリアの魔法で仕留める。

バルホーンの突撃で俺は少し後退させられた。盾を貫通してくるダメージを歯を食いしばって耐え、盾の後ろから突きを放つ。

「サンダーランス！」

直後に、凶悪な顔で角を振り回す暴れ牛に雷撃の槍が突き刺さる。ドロップアイテムの「バルホーンの肉」をばらまきながら、光とともに消えていった。

敵を殲滅し終えて一息つくと狩りの終了を告げるアラームが鳴った。今日はさすがに疲れたな。

「時間だな。ドロップアイテムを拾ったら帰るから」

「はいよ。バルホーンも結構、狩れたな」

「バルホーンが肉を六個も落とすなんて知らなかったな。牛乳とかバターも一緒に落とすし、持って帰る方が大変だな」

うちは俺のアイテムボックスがあるから持ち運ぶ必要はないが、他のパーティは鞄《かばん》やリュックに詰めて戦闘しているので大変だ。バルホーンの肉は三キログラムはある肉の塊だし、牛乳もビン詰めされているから重量がそれなりにある。ルッツの情報だとドロップアイテムを持ちきれなくて捨てて帰る生徒も多いらしい。

「それにしてもジャックのアイテムボックスはマジ便利だよな」

「まあな。集合して帰るぞ。あまり遅いと先生が心配するからな」

モノマネ師のジョブランク１０のアイテムボックスには、千種類、それぞれ百個もアイテムが入る。みんなで集めたドロップアイテムを俺のアイテムボックスに放り込んで、ダンジョンの外に転移した。

俺たちはコインとドロップアイテムを換金して、学園に向かった。

学園のグラウンドには制服を着たシスティナと、その取り巻きの女子と騎士たちがいた。

ラルフは騎士たちに話しかけ、エルザとザックも交ざっていく。グラウンドの各所で騎士同士が情報交換している。

ぼっちな俺はルッツと話しながら、城門の壁に寄りかかる。

セシリアが女子の群れに飛び込んでおしゃべりを始めると、システィナがその群れをそっと離れて俺に近づいてきた。

「ごきげんよう」

「どうも」

俺は、システィナにルッツのことを相談してみることにした。俺のせいで、クラスメイトの彼に対する風当たりが強くなっている件についてだ。

「ちょっと相談があるんだけどさ」

「勘違いしないで、私と貴方は取り引きしただけよ」

「わかってるよ。ルッツがいじめられているみたいなんだよ。どうしたらいいと思う？」

「ジャック様、僕は大丈夫ですよ」

ルッツはそう言うが、友達が罵《ののし》られているのは見ていて気分が悪い。

システィナは思い切り顔をしかめたあと、ジーッとルッツを観察している。システィナはクール系の美人だから、無言でいると威圧感があるな。

ルッツは宰相家の令嬢に無言で見つめられてビビっていた。

「うーん、ルッツさんは装備がダメね」

騎士階級の生徒は、中級の装備である黒鉱石などの色鉱石の装備か、ダマスカス鋼や鉄鋼の装備を自分の資金に合わせて組み合わせている者が多い。ルッツの装備は騎士階級としては一般的な装備のはずだが。

「ぼ、僕の装備ですか？　え、えっと、普通だと思いますけど……」

しかし、システィナはルッツに対して容赦しなかった。

「そうね。実用的に上手く組み合わせた装備みたいだけど、統一感がないわよ。Ａクラスには貴族がいるでしょう？　見た目に少しはこだわりなさい。あなたのお兄さんの方が百倍かっこいいわよ」

「えええええっっ！　それはないだろう！」

百倍は言いすぎだろうと俺は思ったけど、「女性の目からは別なのよ」とシスティナは言った。

ルッツはシスティナの言葉にショックを受けて撃沈。女性にダサいと言われたようなものだ。気持ちはわかるよ。

「黒鉱石は物理防御が高いし、フルアーマーなんて王国でも彼くらいでしょうね。こだわりがあって頼もしく見えるわよ。俺が守るって前面に出ている感じもポイント高いと思わない？」

「言われてみればそうかもしれない……」

「それに自分が騎士と並んだ姿を想像しなさいよ。ジャックさんとラルフさんは、ミスリル装備で主従が同じだし、セシリア様とエルザさんは魔法の装備でしょう？　ルッツさんはどうなの？」

「うううううっ……」

確かにザックの異様な漆黒の存在感の前に、ルッツが霞《かす》んでいる気がするな。

「ルッツさんは装備を統一してないし、服には飾りがないから、僕は貧乏騎士ですと言っているようなものよ。センスを感じないわ。それにその短槍はちょっとね。エルザさんのような護衛の騎士ならともかく、ダンジョンで戦っている学園の生徒が持つと、僕はちまちま突《つつ》きますって小物臭がするわ。そこは槍の騎士なんだから一撃必殺って感じで、もう少しお金を出してかっこいいミスリルの槍にして……」

「システィナ、ちょ、ちょっと待った！　もう言わないでやってくれ！　それに装備を替えるにしても、予算とかいろいろあるんだから！」

俺は慌ててシスティナを止めた。

システィナの容赦のない波状攻撃で、ルッツが今にも崩れ落ちそうなくらいダメージを受けている。頼むから俺の友達の心を折らないでくれ。

「……いいんです。言われてみればその通りですから……」

システィナの連続コンボを、ルッツはなんとか持ちこたえた。

「仕方ないわね。ルッツさんはシルバーナイトでしたわね。金貨五枚用意できるかしら？」

「ええ、お金は貯めていますから、そのくらいならあります」

「今の装備を全部売ってミスリルの槍を買って、防具は銀鉱石でそろえましょう。銀鉱石は防御が低くなるけど軽いから動きやすくなるわ。ライトアーマーにすれば安くなるし、下がった防御力の代わりに銀鉱石のアームシールドを装備するの」

「なるほど、ライトアーマーにアームシールドですか。その考えはいいかもしれません。でも銀鉱石ってキラキラしてますよね。目立つと思うのですが……」

「ええ、目立つわね。でも今さらどうでもいいでしょ。学園で、あなたたちパーティはすでに目立っているし。今度の休日に私は王都に行くから。一緒に行って装備と服をそろえましょう。いいわね」

「はい……」

システィナの言葉にバッサリ切り捨てられたルッツは、考えもなしにうなずいていた。

システィナは口は悪いが、面倒見のいい性格のようだ。

ただ、ルッツはシスティナとデートの約束をしたことになるんだが、気が付いているのだろうか？

俺が驚きの余り硬直している間に、システィナはルッツと待ち合わせの時間を決めて「ごきげんよう」と去っていってしまった。

システィナが消えたあと、ルッツは涙目の情けない顔で俺に聞いてきた。

「ジャック様。僕の装備ってそんなにダメなんでしょうか？」

「いや、俺は普通だと思っていたけど、それより問題は休日のことだろ？」

「えっ？　休日ってなんですか？」

ルッツはショックの余り思考が停止しているな。俺を不思議そうに見るんだが、やっぱりルッツはわかってなかったのか。

「えっと、休日に二人で買い物に行くんだよな。普通にデートだろ。まずは、システィナとのデートに着ていく服を心配したらどうだ？」

今さら状況を理解して真っ青になるルッツ。地面に崩れ落ちる彼を、俺は慌てて受け止めたのだった。

第22話　心理戦⁉

今、俺はダンジョン三階の湿地帯にいるのだが　ちょっと失敗したな。

「デート」なんて言ったせいでルッツの様子がおかしくなった。

授業ではため息をついて外ばかり見ているし、休み時間は何もせずぼんやりしていた。ボッチの俺はルッツがしゃべらないから寂しかった。

そんな彼にさらに拍車をかけてしまったのは俺で、システィナとの買い物の同行をルッツに頼まれたけど、断ったのだ。

理由の一つ目は、単純にヒロインを避けたかったから。

二つ目は、システィナとルッツが仲良くなれば、主人公のルートをつぶせると考えたからだ。

しかしルッツの様子は、週末に近づくほど酷くなっている。

ダンジョンでも精彩を欠き、徐々にパーティの連携が悪くなっていた。それでもラルフとザックの二人が優秀だから危険な場面はなかった。

前衛の俺、ラルフ、ザックの三人とセシリアとのバランスを保つのがルッツの役目である。前衛はよほどピンチにならない限り、スキル攻撃を使わない。スキル攻撃は切り札だから最初に接敵する前衛はSPをできるだけ温存するのだ。

中衛のルッツとエルザは俺たち前衛が苦戦したとき、スキル攻撃を放って安定させたり、通常攻撃で支援したりするのだが、タイミングが狂うと俺たち前衛のリズムも狂ってしまう。

「ストライクランス！」

ルッツのスキル攻撃が俺の目の前のバルホーンを貫通したが、後方のバルホーンには当たらなかった。ルッツのスキル攻撃で倒せるはずだった後方のバルホーンの突進を、俺はなんとか盾で受け止め押さえつける。単純なルッツのミスで、俺たちの負担は増していた。

バルホーンの角をかいくぐり、俺は剣を下から振り上げる。俺の攻撃に合わせてルッツの突きが連続で叩き込まれ、体勢を立て直した俺はバルホーンにラッシュをかけて消滅させる。

最後の一匹をセシリアが魔法で仕留めて戦闘終了。

うーん、ルッツの調子がもっと悪ければ忠告してとっくに帰っているところなんだけど、中途半端に調子が悪いだけだから困る。でも今日は少し早いけどここまでだな。

「すみませんでした。僕のミスです」

「気にするな。でも今日はこれで終わりだ」

「えっ！　まだやれます！　僕は大丈夫ですよ！」

そうとは思えないんだよな。一度、ルッツを叱ってから帰り道にフォローしよう。

「ルッツのためじゃない。セシリアのためだ。今日のルッツにはセシリアを任せられない。撤収だ。いいな？」

ルッツも調子が悪いこともわかっているはずだ。きつく言った方が本人のためだろう。

「……はい。ジャック様の言う通りです」

「わかればいい。ダンジョンから出たら相談に乗るよ」

「はい……」

セシリアは心配そうに見ていた。

今のルッツに優しい言葉をかけてもかえって傷つくだけだろう。俺たちはドロップアイテムを集めてダンジョンの外に転移した。

学園までの帰り道、ルッツを俺とセシリアで挟んで相談に乗った。なんでルッツが悩んでいるのかはわかっているんだけどな。

「システィナ様との買い物に着ていく服がなくて……、参考に友達の服を見せてもらったんです。改めてよく見たら、みんな見た目にこだわっていて、洗練されてセンスがあるなって思いました……」

「それで？」

「僕の服は、動きやすいとか、破れにくいとかで選んでいたからみんなと違うって……。友達に服を借りようとしても、システィナ様と並ぶなら俺たちの服ではダメだって、買いに行けって言うんです」

服を買いに行くのに、着ていく服がないわけか。

買い物くらいとは思うが、相手のシスティナは宰相家の分家の一人娘なんだ。

「なら俺の服を借してやるよ。それならいいだろ？」

「え？　ジャック様の服を!?　いえ、さすがにそれは……」

恐縮して顔の前で手を振るルッツに俺は真顔で告げた。

「騎士の友達に頼めるのに、親友の俺には頼まないのか？　遠慮するな」

「わかりました。服を貸してくださ い。あと……、やっぱり一緒に行ってくれませんか……」

「はあ。俺一人では断るけど、セシリアも一緒ならいいよ」

「私はいいよ。システィナちゃんに二人増えますって伝えとくよ。これでいいかな？」

ダブルデートになったな。俺は嬉しいし、ルッツはもう大丈夫そうだ。でも、セシリアの提案はそれだけではなかった。

「ついでにジャックのマントを選んであげるよ！　うーん、何色がいいかなあ」

「いや……、俺はマントはいらないよ。盾を担ぐときに邪魔になるし、動きにくいし……」

「貴族の人はマントを着てるよ。それに貴族なのに剣が剥き出しになっているから、女の子が怖がっているみたいだよ。いい、ジャック？　見た目って大事なんだからね」

「えっと、うん、頼んだよ」

「任せて！　私がジャックに似合うマントを探すから！」

騎士のアクセサリー装備はマントしかないと言っても過言ではない。

でも俺は、マントはコスプレみたいで嫌だと思っていた。セシリアが選ぶなら俺はイエスマンになってしまうが、できればピンクとかはやめてほしいな……。

「あれ？　校門に人がいっぱいいるよ」

セシリアが指を差して言ったように、校門には多くの生徒が集まっていた。門の内側に立てられた掲示板を熱心に見ているようだ。昼には掲示板はなかったのにな。

「ほら、例の模擬戦ですよ。対戦相手の発表だと思います」

来週、騎士学校の実技試験が一対一の形式で行われることになっていた。

まあ、これの勝敗は成績には影響しない。自分の実力を知る目的で行われる、試験という名のイベントだ。

「ああっ、騎士学校の実技試験だね。ちょっと楽しみだよ。応援に行くから頑張ってジャック！ルッツ！」

「まあ、俺が負けるわけがないけどな」

「僕は不安ですよ。バトルアリーナは初めてだし、相手が気になります」

「ルッツなら普通に戦えば勝てると思うけどな。まあ、ただのイベントだ。楽に行こうぜ」

俺は笑いながらルッツの肩を叩いたが、内心では別のことを考えていた。

主人公クレイのことだ。

彼にとって、実技試験と筆記試験は重要である。

ゲームだと、主人公がシスティナと出会うためには、筆記試験の点数が一定以上必要だ。また、主人公が実技試験でヒロインに敗れると、そのヒロインは攻略ルートから外れ、さらに仲間の友情度が下がる。

さらに実技試験で二回連続して負けると、パーティが解散してしまうバッドエンドになる。

さて、クレイの対戦相手は誰だろう。ゲームだと対戦相手は、ヒロインか仲間のはずだが。

俺が現れると、蜘蛛の子を散らすように離れていく生徒に苦笑して、掲示板でクレイの名を探した。

フィリス皇女（Sクラス）　対　クレイ（Fクラス）

うはっ、主人公、最悪だな。

ゲームでは、序盤で対戦相手にフィリスかエドワードを引くと、リセットしてやり直すのが必須だからな。まあ、頑張ってくれ。ルッツの相手は誰だろう？

ドドンガ（Dクラス）　対　ルッツ（Aクラス）

「おっ、ルッツは戦う料理人ドドンガか」

「ジョブはバトルコックで、Dクラスではランキングトップらしいです。実力は本物ですね。気合いを入れないと！　ジャック様の相手は誰ですか？」

「あっ、私、見つけたよ！　ほら、あそこにジャックの名前があるよ！」

俺はセシリアが指差した場所を覗き込む。

カイン・ラッセル（Aクラス）　対　ジャック・スノウ（Aクラス）

「……めんどくさい相手だな。騎士学校の生徒は多いのに、まさかカインを引くとは……」

「それはこちらのセリフだな」

メガネをかけ、ミスリルの装備に身を包んだカインが、巨大なバトルアクスを背負って現れた。

そして自信満々で俺に言い放つ。

「ジャック。忠告してしておく。お前の『透明人間』は俺には効かない。よってお前に勝ち目はない」

ん？　透明人間が効かない？　俺は不思議に思いカインのジョブを鑑定してみた。


＝＝＝＝＝＝＝＝＝＝＝＝＝＝＝＝＝＝＝＝＝＝＝＝＝＝＝＝＝＝＝

【名前】　カイン・ラッセル
【ジョブ】　アクスナイト（ランク1）
【スキル】　斧術、斧ガード、腕力上昇、騎乗、詠唱省略、アクスクラッシュ
【精霊の加護】　甲鉄《こうてつ》の咆哮

＝＝＝＝＝＝＝＝＝＝＝＝＝＝＝＝＝＝＝＝＝＝＝＝＝＝＝＝＝＝＝

「甲鉄の咆哮」は三分間、スキル攻撃を無効化し、身体能力を強化し、自分のスキル攻撃の威力を上げて無敵モードになる。おまけに装備の防御力が跳ね上がる。ただ、発動終了後、九十秒は逆の効果になるんだ。

鑑定で見たところ、透明人間に対抗するスキルはない。たぶん、ハッタリだろうな。さっそく、カインは俺に心理戦を仕掛けてきたようだ。俺もカインに忠告をしておく。

「なら、俺はお前に魔法をかけておくよ。お前は自分のスキルで敗北するだろう」

「ふん、魔法か面白い。ラッセル家とスノウ家、どちらが強いか俺が皆に教えてやる」

睨み合う俺とカイン。先に目を逸らしたのはカインの方だった。カインは振り向きざまにそう言って寮の方に歩いて行く。

俺は、カインがやけに自信満々なのが少し気になったのだった。

第23話　剣の誓い！

「ごめん、ルッツ、俺が悪かった」

俺は心の底から反省した。

上から目線で服を貸すって言ったけど、俺は目が鋭いヤンキー系でルッツは可愛い系。服が合うはずはなかったのだ……。マジすまん。

大量の服を前にして、俺とルッツは茫然と途方に暮れていた。ラルフが急かしてくる。

「何やってんだよ。支度《したく》はまだか？」

「見てわからないか……。俺たちにセンスはなかった……」

俺の部屋のベッドや床には服が散乱していた。俺に服のアドバイスとか無理だった……。

「ああっ？　んー、これとこれとこれだろ？　ほら、ルッツ、さっさと着て行こうぜ」

「ラルフ、そんな適当に渡したって……、マジか、似合うぜルッツ！」

「すごいですよラルフさん！　見ただけで合わせるなんて！」

救世主現る！

ラルフは、よく考えたら、皇女に仕えていた帝国の一流の騎士だった。こういうセンスもあるのだ。ルッツがすごくかっこよく見えるよ。俺たちにとって魔法の領域だな。

「ほらほら、さっさと行こうぜ。姫様を待たせる騎士なんていねーぞ」

悔しいが俺たちはラルフに救われた。ラルフに礼を言いながらダッシュで城門の馬車の前にたどり着き、お姫様たちを出迎える。

俺はセシリアをエスコートして馬車に乗り込み、ルッツはシスティナをエスコートした。

馬車に揺られ十人の騎士に守られながら王都の第一区画の宰相家御用達の店に向かう。

ただ、セシリアは元気がなく言葉が少なかったし、システィナもあまり会話しないので馬車の中は静かだった。

昨日まではしゃいでいたのに、セシリアは今日はどうしたんだろう？

宰相家御用達の店に入ると、目的の銀鉱石のライトアーマーが綺麗に飾られていた。ライトアーマーの前でシスティナが説明を始める。

「この装備は製作者によって形が違うわ。だから一式装備を買った方がまとまりがいいのよ」

「どこが違うの？」

「二つ並べてみるとわかるでしょう」

店員が机の上に二つの籠手を並べると、片方には丸みがあるのがわかる。違う製作者の品を組み合わせたら、確かに統一感がないな。全然、知らなかったぜ。

「僕も気にしていませんでした。こうして見ると武器も若干違うんですね……。値段しか見てませんでした……」

「俺もだ……」

俺は装備をそろえることで頭が一杯だったからな。俺のミスリルの鎧は大丈夫なんだろうか。気になってしまうな。

「槍先の刃を隠すカバーはワンポイントあった方が自分のだってわかりやすいわ。私の家の騎士たちはそうやって目印を入れているのよ」

「確かに父のカバーに家紋が入っていました……」

システィナの指示で、店員が次々と服や武具を持ってくる。

「ルッツさんは防水の効果がある水色の短いマントがいいと思うわ。セシリア様より色が薄いから控えていますって感じになるし、銀のライトアーマーの輝きを落ち着かせてくれるでしょう」

「パーティメンバーに合わせるんですか。なるほど」

「勉強になるよな。セシリアはどれがいいと思う？」

俺が無言のセシリアに話しかけたら、彼女はぱっと顔を上げて、マントを慌てて掴んだ。

「これってどうかな？」

「いや、赤と青の水玉はちょっとな……」

「だ、だよね。あははははっ」

どう見ても適当に取り出したし、セシリアはうわの空のようだ。何かあったのは間違いないんだけど、心当たりがない。ルッツの次はセシリアの調子が変になっているな。

ルッツはシスティナとの会話を弾ませ、服を次々に選んでいる。買い物と割り切ったのか、システィナに慣れたのか。どう見ても姫様と従者にしか見えないが、少なくとも失敗ではないだろう。

ラルフに感謝だな。

「あっ、これだよ。私のマントと製作者が同じなんだ。色もおそろいだし、これが良いよ」

「紺のマントで防水と防塵の効果か。さすがセシリアの選んだマントだな。これにするよ」

変なマントを選ばれる前に、俺はセシリアとおそろいのマントに決めた。

ルッツと一緒に会計を済ませると店の主に商談室で紅茶とケーキを振舞われた。

すると、システィナが俺に目で合図して立ち上がる。なんの用だろう？

俺はトイレに行くと言って商談室を出た。

廊下に出るとシスティナが俺を手招きして別の商談室に連れ込む。ルッツの相談を引き受けて、しかも、買い物に誘うなんておかしいと思ったが、これが本当の目的か。

部屋に入ると、なんと宰相が座っていた。

「君に話があってね。すまないが誘い出させてもらった」

「俺が来たのは友達の付き添いですよ。それで話とはなんでしょう？」

チッ、ルッツが俺に付き添いを頼まなければ、システィナがセシリアを誘ったに違いない。しかも、わざわざ宰相が出てくるなんてな。

おそらく、俺が手に入れたあれについてだ。

「君が持っている黒太子の長剣を渡してもらいたい。ネルバから見事に持っていった品だ」

「俺が持っているわけがないでしょう？　それに、あれは黒鉱石の長剣ですよ」

「証拠はないし、ネルバは何も話さなかった。私たちの手元にあるのは、君に情報を流した瞬間に消えたという事実だけだ」

「そんな状況証拠だけで貴族の嫡子を疑うなんて宰相とは思えませんね。話はそれだけですか？

失礼します」

ここは怒ったふりをして逃げるのが上策だ。

システィナはちょっといい奴だって思った俺が馬鹿だったたな。彼女にも理由はあるだろうから責める気にはなれないが、迂闊に相談できる相手ではないことは確かだ。

「いいのかね。セシリア様が困ったことになるよ？　そんなに睨まないでくれ。これは国王陛下からの命令だ。王権の象徴である国宝の黒太子の長剣が、誤って君のところに流れ着いたから取り戻してほしいと、セシリア様に国王自らお願いしたらしい」

陛下からかよ。それも、お願いって勅命じゃないか！

セシリアの様子が変なのはこれが原因だったのか！

「えーと、そもそも王妃様が黒太子の長剣を持ち出したのは、陛下の命令だったたんですか？」

「勘違いしないでくれ。王妃様が勝手に持ち出して失くしてしまったのだよ。宝物庫の管理人は陛下と私の友人だが、このままでは、彼は斬首で王妃様は幽閉だろうね」

「でも、王妃様が持ち出したのをあなたは知っていたはずだ」

「だから、穏便にエドワード様から返してもらうつもりだった。そんな矢先に、国宝が消えたんだ。今の王宮は混乱して収拾がつかない状態だ。もし今、王妃様が失脚となれば、王位争い中の二人の王子も継承権を失う」

現王妃が廃位となれば王子は失脚し、次の王妃の実子が継承権を持つことになるだろう。まあ、俺の知ったことではないな。

「貴族たちも軍も騎士団も王宮も、後宮でさえも混沌としている状況で、王国の平穏を望む私の味方は少ない。王妃様が廃位されれば陛下にも、致命的な傷になる。私が必死になるのもわかってほしい」

さすがに宰相に頭を下げられたら、俺も譲歩するしかない。

「黒太子の長剣がエドワード様に渡される可能性は？」

「ない。さすがにこれだけの騒ぎを起こしたのだから、少なくともエドワード様が王位に就かない限り宝物庫から出ることはないだろう」

エドワードに黒太子の長剣が渡らなければ、俺は気にしない。セシリアのこともあるし、さっさと返そう。それまで沈黙していたシスティナが俺の耳元で囁いた。俺は彼女の魅力的な提案に頷く。

しかし、この叔父と姪はよく似ているな。

「君が私の思った通りの人間で助かったよ」

別れ際のセリフまでそっくりだった。まあ、二人は敵でないだけマシだな。

「ごめんなさい」

宰相が部屋を出るとシスティナが深々と頭を下げた。

「いや、ルッツの相談に乗ってくれたのは助かったし、これで貸し借りなしだな」

「あなたがそれでいいなら」

システィナには協力してもらいたいし、怒ってばかりもいられない。まあ、本当に悪いのは国宝を勝手に持ち出した王妃なんだよな。これで、王妃がおとなしくなれば俺としては十分だ。

帰りの馬車でも終始、上の空だったセシリアを、俺は校門の横の木の陰に連れ込んだ。何か言いたげなセシリアに俺は安心させるように微笑んだ。

「スノウ家には逸話があってね。ジャン・スノウ子爵は王家の姫を娶《めと》る前に彼女に剣を捧げたらしい」

「えっ、ジャック、それって⁉」

俺は彼女の前に跪《ひざまず》き、黒太子の長剣を取り出した。ナイトが跪くのは、主にだけ。俺はセシリアに剣を捧げる。

「俺は君の剣となり盾となることをここに誓う。この剣を受け取ってほしい」

「う、うん。ありがとう。ジャック」

セシリアは泣きながら重たい黒太子の長剣を受け取った。彼女は、俺と父親に挟まれ、辛い状況にいたのだろう。

王族に捧げられた剣は、王家の宝物庫に眠ることになる。これで黒太子の長剣はあるべきところに戻ったのだ。

俺は捧げた剣がどうなろうと構わない。重要なのは誓いであって剣ではないからだ。

セシリアがわかってくれたなら、俺はそれで満足している。ポロポロと涙をこぼすセシリアを俺はそっと抱きしめるのだった。

第24話　イベント！

次の日、演習場に行くと装備を一新したルッツに悪態をつく生徒はいなかった。システィナに感謝だな。

ちなみに俺は身悶えしながらセシリアとおそろいのマントを着ている。マントを羽織るとコスプレって感じで恥ずかしい。そのセシリアは黒太子の長剣を王宮に返しに行って不在。

セシリアがいない間に、フラグイベントをクリアしたい。つぶすフラグもあれば、起こさなければならないフラグもある。そして、実技試験のある今週の授業は――。

「今日は自習だ！　俺に言えば二時間だけダンジョンに入ることを許可する。以上」

バダン先生の点呼が終わり、俺はルッツに声をかけた。

「ルッツはどうする？」

「僕はジョブランク3は遠いでしょうし、セシリア様もいませんから、実技試験に備えて兄さんと模擬戦をやろうかなと思っていました」

「そっか。でもさ、今日は俺と一緒にダンジョンに来てくれないか。試したいことがあるんだ。ただ、付いてくるならルッツには危険であることを覚悟してほしい。これには王国の未来がかかっているんだ」

「僕は騎士になると決めた以上、それは覚悟しています。よくわかりませんが、ジャック様に付いて行きますよ。友達ですから」

「助かるよ。ザックは留守番だ。ラルフは付いて来てくれ」

「俺はいいけど、ザックを外すのか？」

「……」

「ああ、代わりに連れていく人がいるからラルフは全力で彼女を守ってくれ」

俺は優雅に歩いてくるシスティナを指差す。昨日の別れ際に彼女に協力を要請したのだ。今から行くイベントは、パーティのジョブランクの合計が１３以下の四人パーティで、メンバーにラルフとヒロインがいる必要がある。

「あの嬢ちゃんか。まあ、守るけどさ」

「ザック、ルッツは俺たちに任せてほしい」

ザックが頷くのを確認して、俺はシスティナを出迎えた。

彼女は上級の杖を持ち、黒いワンピースのセーラー服型の魔法使いの装備をしている。白いラインがセラーカラーに走り、これぞお嬢様って感じだ。

＝＝＝＝＝＝＝＝＝＝＝＝＝＝＝＝＝＝＝＝＝＝＝＝＝＝＝＝＝＝＝

【名前】　　　　システィナ

【ジョブ】　　　火炎の魔術士（ランク2）

【スキル】　　　魔力上昇、知力上昇、精神上昇、詠唱省略、フレアランス、

　　　　　　　　フレアボール

【精霊の加護】　パニックフレア

＝＝＝＝＝＝＝＝＝＝＝＝＝＝＝＝＝＝＝＝＝＝＝＝＝＝＝＝＝＝＝

役者はそろったな。あとはイベントが発生するかどうかだ。

「ごきげんよう」

「一人で来たんだな。来てくれて助かったよ。さっそく行くけどいいかな？」

「王国のためと言われたら仕方ないわ。理由は絶対にあとで話しなさいよ」

俺はシスティナに頷き、ダンジョンのある場所に飛ばしてもらうためバダン先生の前に進み出た。

「バダン先生、俺たちをダンジョン地下二階の南の角に飛ばしてください」

バダン先生はパーティメンバーからザックを外すことに首を傾げたが、結局は頷いてくれた。

「んー、ダンジョンタイプの階は行かせたくないんだが、お前らなら大丈夫か。絶対二時間で帰れよ」

「わかっています。もっと早く帰るかもしれませんけどね」

魔法陣が浮かび上がり、俺たちはダンジョンに転移した。

迷宮のダンジョンの南側にはある仕掛けが存在する。

俺が南の角を丹念に調べていると、……あった！　ダンジョンの壁に黒いボタンが見つかった。

この学園のダンジョンは地下十階までしかなく、ランク５の敵までしか出てこなし、ボスもいない。だから王国は学園の演習場として使っている。

しかし本当は、このダンジョンにもボスがいるんだ。

各階にある仕掛けを作動させると、ボス部屋に移動する。これはラルフとヒロインのイベントで、低ランクの内に消化しないと発生しないボス戦だ。

「こんなところに何があるの？」

「あるんだよ。みんなは用意はいいか？」

不思議そうに俺を見て全員が頷く。俺がボタンを押し込むと、床に穴が空いて俺たちは下に滑り落ちていった。

さあ、イベント発生だ！

どれくらい滑り落ちたのだろう。たどり着いた先は大きな部屋だった。立ち上がりながらシステイナが俺に向かって怒りの声を上げた。

「何なのよ！　罠があるならそう言いなさい！」

「罠じゃないよ。ここがどういう場所なのかはあいつが教えてくれる。全員、戦闘準備だ！」

「があああああっっ！！！」

腐った魔獣が大きな口を開けて威嚇してきた。肉は腐り落ち、頭には剣が突き刺さり、空洞の目が俺たちを見つめている。

鋭い爪と牙を持つ、ドラゴンゾンビだ。

＝＝＝＝＝＝＝＝＝＝＝＝＝＝＝＝＝＝＝＝＝＝＝＝＝＝＝＝＝＝
【モンスター名】　ドラゴンゾンビ（ランク6）
【スキル】　骨再生、スキル攻撃無効、状態異常無効、闇耐性
＝＝＝＝＝＝＝＝＝＝＝＝＝＝＝＝＝＝＝＝＝＝＝＝＝＝＝＝＝＝

「システィナはフレアランスを叩き込んでくれ。俺とラルフは護衛だ」

「ドラゴンゾンビってマジかよ！　俺、耐えられるかな……」

「耐えろ。あいつは火に弱いがスキル攻撃は無効だからな。ルッツは俺たちの盾の間から突け」

「はい！」

俺はラルフの生存スキルをモノマネして、ドラゴンゾンビの前に立ち塞がる。

ドラゴンゾンビの骨が動き、肉が剥がれ落ちた。骨だけの前脚を振るい肉薄してきたドラゴンゾ

ンビの一撃を俺は盾で受け止めた。さすが格上のドラゴンだ。体が砕けそうになるのを我慢してバックステップでラルフと入れ替わる。

「フレアランス！」

システィナの火炎の槍がドラゴンゾンビに突き刺さる。火炎の魔法が直撃して爆散し、ドラゴンゾンビは大きく仰《の》け反った。隙をついてドラゴンゾンビの右腕に剣を叩き込んで離脱する。

ルッツも突きを入れて後退、体勢を立て直したドラゴンゾンビの頭突きをラルフが盾で受け止めた。

「意外に耐えられるな」

「頭に刺さった剣で弱っているからな。ヤバくなったら変わる」

「ラジャーだ！」

「フレアランス！」

強力な火炎魔法を持つシスティナがいると楽に戦えるな。

肉が焼けるような臭いを放ちながら、ドラゴンゾンビの右腕が吹っ飛んだ。

俺はがら空きの右から接近し、剣を左右に振るってラッシュをかける。時間が経つとドラゴンゾンビの吹っ飛んだ右腕が再生してしまうのだ。

「ルッツは攻撃に気を付けろよ。押さえるのはラルフに任せとけ」

「槍を長くして正解でしたよ」

「だな。システィナはもっとガンガン行こうぜ！」

「わかっているわよ！　フレアランス！」

俺は二撃目の攻撃を受け止めて、ポーションを飲む。ザックがいたらもっと楽なんだが仕方ない。

フレアランスで炎に包まれたドラゴンゾンビは異様な迫力だった。

ラルフの盾の左右から俺とルッツが走り出て、のたうち回るドラゴンゾンビに連撃を叩き込む。

俺の一撃で頭部に生えた角が圧《へ》し折れた。終わりも近いようだ。

ドラゴンゾンビの尻尾《しっぽ》叩きを受けてラルフが横に吹っ飛んだ。

俺は慌ててドラゴンゾンビの行く手を阻む。システィナを狙いたいようだが、そうはさせん！

骨だけの右スイングを身を屈めてかわし、俺はドラゴンゾンビの頭部を思い切り盾で殴りつけた。

再びフレアランスが炸裂し、その間に回復したラルフと入れ換わる。

「やべーな。ルッツは尻尾は受けけんなよ。持たないかもだぜ」

「了解です。さすがは、腐ってもドラゴンですね」

「まあ、ドラゴンゾンビは初めから腐っているけどな！」

「下らない無駄口を叩かないでよ。フレアランス！　これで決まりでしょう」

ドラゴンゾンビの頭部が爆散して刺さった剣が床に落ちて砕け散る。

すべての骨が燃え尽きた。

俺たちはドラゴンゾンビに勝利した。ボス部屋に騒音が響き渡り、宝物庫への入り口がぽっかりと姿を現す。

「まさか学園のダンジョンにまだ奥があるの？」

「俺に聞くなよ。さあ、まずは行ってみないとな」

宝物庫の向こうに十一階への道があるのだが、どう説明していいか俺にはわからなかった。この宝物庫で見つかるはずの本をシスティナに見せるしかない。前世の記憶では、とか言っても信じてくれないだろうしなあ。

俺は宝物庫に入って中央に置かれた宝箱を鑑定してから、ゆっくりと開ける。三人が俺の後ろから宝箱を覗き込んだ。金貨の他には「封印の書」と「大地の盾」と「爆炎の杖」があって、俺は安堵のため息をついた。これで誤魔化せるはず。

「『封印の書』は昔、魔王を封印した魔法の本だよ。古代帝国語で書いてあるけど読む？」

「ちょっと貸しなさい。うそ……、間違いないわ。神話の世界の話は本当だったの……」

ガルハンには魔王がいる。俺じゃないよ！　本物の魔王が封印されているんだ。それも、絶賛、復活準備中のはず。でも、ゲームで魔王は復活しない。ただの次回作の前振りのアイテムだと俺は思っている。アニメでは主人公が本を読めないからって古本屋に売るくらいだしな。俺は本当に魔王が復活したらヤバいと思って取りに来たんだ。

「半分は魔王に関する記述で、半分が封印の魔法の発動陣だと思うけど……」

古代帝国語も楽勝のシスティナはすごいな。俺には何が書いてあるのか読めないもんな。

「マジ、魔王っているのかよ」

「王国の存亡どころか、人類の存亡の話になりますよ……」

魔王の話で動揺している間に、さっさと出よう。この本がここにあるのを知っていたことを突っ込まれたら言い訳できないしな。

「ここからなら帰還石が使えるな。その本はシスティナで、盾はルッツで、杖は俺がもらう。それでいいよな？」

大地の盾は本来ラルフの装備品なんだけど、地味に土属性耐性が付いた黒い盾ってだけなんだよな。爆炎の杖はスキル「フレアストーム」が付いた杖で、上級の杖を探しているセシリアに渡しておきたかったんだ。

「それでいいわ。早く出て報告が先よね」

「僕も同意します。盾はともかく、報告が先だと思います」

「俺もいいぜ。俺はその盾はちょっといらないな。ザックでいいんじゃね」

俺はみんなに金貨を分配して、帰還石でダンジョンの外に出た。

システィナが騎士団に駆け込み、大騒ぎになったのは言うまでもない。

ところで魔王って、本当に復活するのだろうか……。

第25話　コーヒーは徹夜の匂い！

ドラゴンゾンビを倒した次の日は休校になった。

セシリアとエルザはまだ王宮にいる。俺たちは朝に報告書を出したあと、逃げるように外のフィールドの河川に来た。

水の多いところにはスライムが多い。飛びかかって体当たりしてくる丸いスライムに合わせて、斬撃を叩き付ける。ブルースライムが「塩の塊」を落として消滅した。

続いて襲いかかってきたのはチキンハンドだ。羽根が手の平の形をして、大きなくちばしで突いてくる。

その攻撃を俺は盾で防ぎ、長い首の根元に剣を叩き付けた。たたらを踏んだチキンハンドを盾でぶん殴り、よろめいたところ一閃で沈める。

河川は敵が多いけど弱い。俺はチキンハンドの落とした「チキンハンドの肉」を拾ってアイテムボックスに放り込んだ。

見渡す限り、色違いのスライムが点在していた。

スライムナイツはスライムを倒さないとランクが上がらない。俺にとってここはボーナスステージなのだ。休校中はこの河川で経験値を稼ぐつもりである。

「昨日は大変でしたね」

ルッツがミスリルの槍でスライムを突き殺しながら話しかけてくる。

「最強の王宮騎士団がすっ飛んできたな。まあ、魔王がいるって変に伝わったから仕方ないけど」

俺がレッドスライムを斬り捨てる。レッドスライムは消えて「トウガラシ」を落とした。ここのスライムは、調味料系を落とすらしい。

ラルフが盾を振り回しながら尋ねてくる。

「それにしてもさー。本を見つけた理由が、精霊さんに教えてもらいました、で通用するのか？」

俺は朝に報告書を出すことで追及を誤魔化したんだが、悩んだ末の選択肢が次の五つだった。

1. 俺って転生者で、ここはゲームの世界です
2. スノウ家に伝わる文献や本で知りました
3. 本屋でチラッと読みました
4. ご先祖様に教えてもらいました
5. 精霊様に教えてもらいました

1は「お前はなに言ってんの？」と言われるだろう。2はスノウ家を調べられたらおしまい。3は本屋さんに迷惑がかかる。というわけで、4か5で適当に誤魔化すしかなかったのだ。

それに魔王のことは俺も知らないからな。魔王の配下っぽい敵が出てくるのは間違いないんだが、

俺は正直、ゲームでは魔王のチラ見せうぜえ！　と思ってたくらいだし、アニメではその敵がカットされたから本当にいるかはわからないんだよな。

「まあ、魔王がいるなら精霊もいるさ。俺は見たことあるしな」

グリーンスライムがダッシュしてきたのを迎え撃ち、剣で刎ね飛ばすと「わさび」を落とした。わさびを見たら米と刺身を食いたくなった。

「あの嬢ちゃんがそれで納得すんのかな。俺にはそうは思えないけどなー」

ラルフがそう言うのはもっともだが、これ以上理由を考えるのはめんどくさい。

ザックが大地の盾をイエロースライムに叩き付け、ガッツポーズをしている。イエロースライムは「ショウガ」か「カラシ」を落とす。今回落としたのはカラシのようだ。カラシを見たら、おでんが食いたくなってきた。

ぴょこぴょこ跳ねてダークスライムが四匹近く付いてくる。こいつは「黒胡椒《くろこしょう》」を落とすスライムだ。俺たちが駆け寄ろうとしたとき、背後から凛とした声が響いた。

「納得できるわけないでしょう！　フレアボール！」

地面に着弾した炎の玉が爆散してダークスライムを吹き飛ばした。

背後を振り返ると、美しくも目の周りにクマを作ったシスティナが、怒りを露わに仁王立ちしている。赤いドレスに黒の防具が合わさった装備を着て、なぜか槍を持っていた。その陰からぴょこんとセシリアが現れた。

システィナとはパーティ登録を解除していなかったから、転移石で俺たちを追ってこれたのだろう。あれ？　エルザはどうしたんだろう？

「何よ、あの報告書は！」

「普通に書いただけだ。そう怒るなよ。エルザはどうしたんだ？」

「私の装備を見てわからない？　私がエルザさんの代わりに、このパーティに入るのよ」

「はあ？」

システィナの装備を鑑定したら、服は「プリンセスナイトメイル」で、マジックナイト用の魔法の装備。槍は「フレアランサー」で槍術のスキルとMPを使うスキル攻撃「フレアストライク」が付いた魔法の武器だった。魔法の品をあっさり変更できるとはさすが宰相家。

「生徒四人が組むとか学園が許可しないだろう？」

「普通はね。でも、これさえあれば変更は可能なのよ。正式にあなたが私に協力するようにとの命令です」

システィナが俺に紙を突きつけた。王印の入った命令書だな。ん？　これって勅命書かよ！　要はシスティナは俺のお目付け役か。俺は驚きの余り固まっていた。

さらに、システィナは槍を華麗に操り、ルッツが絶句している。システィナは魔法使いのイメージだったけど武力もあったのか……。ヒロイン補正は半端ないな。

「宰相家は文武両道よ。異存はないわね？」

俺に槍を突きつけるなよ。

冷や汗を掻きながら頷くと、ルッツも頷き、全員一致でシスティナが仲間に加わってしまった。

あのイベントってヒロインからの好感度が上がるはずなんだけど、システィナはすごい目付きで俺を睨んでいる。

「で？　あの報告書は何？　言い訳を聞こうかしら？」

「システィナちゃん、槍を突きつけないで。ジャックは嘘をつくような人じゃないよ」

優しいセシリアの言葉が俺の胸に刺さる。俺は嘘はついていない、適当に書いただけさ。と言いたいが、そう言ったらシスティナに殺されるかもしれない。

「ジャック様が書かれた報告書は本当です。僕が保証します」

ルッツのフォローで槍先が俺の首筋から離れていく。さすが我が友。しかし、そのフォローを台無しにしてしまうのが、我が騎士であった。

「お嬢のヒステリーって怖い怖い」

「なんですって!?」

「まあまあ。そうだ、早く帰ろうぜ！　ここはモンスターがいるんだからさ」

「そうだよ。学園に帰って話そうよ」

キレそうになるシスティナを、俺とセシリアでなだめ、帰還石で学園に戻った。

そのあと、学園の会議室で、システィナとセシリアから事情を聞く。

「王宮騎士団がダンジョンの十一階を探索したら、スキルモンスターがいっぱいいたらしいよ。最近、スキルモンスターが増えたのは長年放置してたからって学者さんが言ってた」

ダンジョンが出現した直後から何百年と十一階以降は放置されてたから当然だよな。

「ダンジョンは周りに城壁を立てて閉鎖。学生はしばらく外で戦うことになったわ。室内演習場は騎士団の仮の宿になるからしばらくは使えない」

いろいろ大事《おおごと》になってしまったみたいだ。

「実技試験後の週末にオークションを学園でやるんだって。精霊の種が大量に取れたみたいで」

クレイに大金が入った直後にオークションか。クレイが努力の種か友情の種を買うかもしれないな。絶対に阻止しないとな。

「王宮の方は明日、諸侯会議よ。伯父様は魔王を利用して国をまとめる気みたいね。帝国にも使者を送って、いろいろ大変だったわ」

王国が平和だから王位争いで揉めてる余裕がある。なら、外に強敵を作ればいい。魔王が復活したら王国どころか大陸全土がヤバいことになるからな。魔王が王位争いを止めてくれるなんて皮肉な話ではあるが、上手くいくのかな。宰相の手腕に期待しよう。

「『封印の書』の解読はもう終わったわ。どうやら帝国の『拘束の書』と二つ必要らしいの。だから、交渉しているの。ね、セシリア様」

セシリアが立ち上がり、ラルフを立たせた。

「うん。それでラルフ・ガードナーの帝国の追放処分を取り消し、『守護騎士』の称号とエンブレムが皇帝陛下から贈られました。良かったね」

そう言うとセシリアは、帝国最高の盾の騎士のエンブレムをラルフの胸に付けてあげた。

「ジャックの騎士はそのまま続けて。あと、年金が支給されるから受け取ってね」

「帝国から追放された騎士が、他国でこんな重要な本を発見したら、帝国の体面に傷が付くわ。単に追放されたのではなくて『封印の書』の探索任務を皇帝陛下がラルフさんに命じたことになります。称号は追放の日に贈られた。わかったわね」

「……帝国にいるときはマジ欲しかった称号が、追放されて手に入るなんてな……、了解」

ラルフは自分の胸に付けられたエンブレムを見て苦笑いしているが、その瞳には涙が溢れていた。名誉が回復して喜んでいるのがわかる。

「で、四人はこの報告書を今から写しなさい。期限は明日の朝よ。ほらさっさと書いて、諸侯会議に出すんだから。ラルフさんは帝国語で写してください」

机の上に置かれた書類が山に見えるんだけど、俺の気のせいなのかな……。

「兄さんもですか？」

「騎士団にいる父親を経由してあなたたち兄弟は私に協力したの。このままでは騎士団の面目が丸潰れなのよ。わかった？」

兄だけ無関係でしたとは言えないようだ。ザックの書類が一番多い。戦っていない分、事務で補うわけね。ザックは書類の山にドン引きしている。戦う方が楽ってのはあるよな。

「これを明日までか……。報告書って簡潔でいいと思うんだけど」

「あなたの『精霊様に導かれました』は報告書でもなんでもないわ。大体、表題の『スノウ子爵家嫡子ジャック・スノウの報告書』の方が長いじゃないの！」

それ以上書けなかったんだよ。

俺は無言で書類を紙に写し始めた。この書類のシナリオは宰相とスティナと重臣たちでまとめたらしい。徹夜で間に合えばいいけどな。

そう考えていたら、セシリアが俺の前に来て……。

「ジャック。私が美味しいコーヒーを入れてあげるからね！」

笑顔がとっても眩しかった。

そして、俺たちの熱い戦いが始まったのであった。

第26話　白熱！　バトルアリーナ！（前編）

実技試験の日を迎えた。

バトルアリーナで行われる試験は娯楽の少ない学生にとって大騒ぎできる日でもある。一応試験なので表向き賭けは認められていないが、隠れて銅貨のやり取りをする生徒は少なくない。

セシリアは貴賓席で第一王子と観戦、システィナは王宮に行って不在、ルッツは第二試合に出場するから、控室に行っていた。

俺は一人で欠伸をしながら、バトルアリーナの観客席で休息を取っている。俺がカインに負ける要素はないから余裕なのだ。カインの自信満々な態度は気になるが、打ち砕けばいいだけだ。

舞台の横には実況用の机が置かれている。料理バトルの司会者をしていた上級生の二人が実技試験でも選手の紹介をやるみたいだな。ハイテンションな声で実技試験の開始が告げられた。

「レディィィス！　アンドウゥゥ　ジェントルメンッ！　さあ、やってきましたバトルアリーナ！今日はどんな試合が見られるのでしょうか！　さて、第一試合の選手は！」

「赤コーナー！　帝国の戦闘ツインドリル、フィリス皇女。それに対するは青コーナー！　Fクラスの暴れん坊クレイだああぁっ！　いきなりの皇女様の登場に！　会場は大大大フィーバー！」

皇女をツインドリルとか言っていいのかよ。フィリスの揺れる二つのドリルと胸の果実に会場の男子生徒は大興奮。クレイは鉄鋼のアーマーを着て長剣を持っている。

歓声に揺れるアリーナ。黒髪のイケメンと金髪ドリルがバトルアリーナの両端に移動し戦闘開始だ。

「バトルアリーナ！　ゴオオオオオッッ！」

開始直後にフィリスは二発のファイアスネークミサイルを発射した。クレイは横に移動しつつバトルアリーナの透明な壁を背中に背負う。

「おおおおっっ！　これはクレイの作戦か！　皇女のしつこいスネークミサイルを回避できるのか!?　クレイの動きに注目だああああああああっっ！」

クレイは俺の戦闘を見ていたみたいだな。壁を利用してミサイルをかわせることは俺が証明している。それにしても、フィリスは進歩がないな。……と思っていたから――。

壁沿いに動くクレイにファイアスネークミサイルが迫った瞬間、フィリスがにやりと笑った。

「トルネードボール！」

フィリスが放った魔法はファイアスネークミサイルに直撃、二発のミサイルが誘爆し、その爆風がクレイを壁に叩き付けた。

フィリスは俺との戦いから対抗策を考えていたようだ。進歩がないなんてすみませんでした。

「おおおおっと、この誘爆は避けられないいいぃぃぃぃ！　クレイは燃えている！　これは熱い熱いいいいいいっっ！」

「いやあ、まさか自分で自分の魔法を撃ち落とすとは！　ああっっと！　これは早くも決着か!?　吹き飛ばされたクレイはぴくりとも動けません！　クレイ！　大ピンチ！」

「ファイアスネークミサイル！」

三発の炎の蛇が、爆風で大ダメージを受けたクレイに迫る。絶望に染まるクレイの顔。炎の蛇はクレイを呑み込み喰らい尽くした。

バトルアリーナの外に無様《ぶざま》に転がるクレイと大声援を受けるフィリス。

勝負は一瞬で決まり、クレイはフィリスの攻略に失敗した。

魔法学校の救護班が駆けつけ、クレイにヒールを使って回復させている。

「これはフィリス皇女の作戦勝ちだあああああっ！　敗戦を乗り越え進化したツインドリルの今後の活躍に期待しましょう！」

「クレイは頑張った！　君の勇姿を俺は忘れない！　では、第二試合はああああああっっ！」

「戦う料理人、バトルコックのドドンガの登場だ！　その手に持つのは二つの包丁！　今日はどんな料理を見せてくれるのかあぁぁっっ！」

「対するは魔王四天王が一人、銀に輝くシルバーナイト！　ルッツ選手の登場だあああっっ！　ルッツ選手の間合いにドドンガ選手がドドーンと近づけるか注目です！」

ルッツの装備は、銀鉱石の輝きに水色のマントがよく映えかっこよく見える。ミスリルの槍を手に中央に進む姿はものすごく頼もしいな。

対するドドンガは包丁を両手に持ち、白いコック服で登場。ドドンガは厨房にいる料理人にしか見えないが、幾多の敵を三枚に下ろしてきた包丁は脅威だろう。

「バトルアリーナ！　ゴオオオオオッッ！」

俺はルッツが最初にストライクランスを撃つだろうと思っていたが、ルッツは中央に向かって猛ダッシュした。そして中央に陣取り、槍を振るう。

「ドドンガ選手の包丁が真っ赤に燃えるうううううっっ！　火の付加魔法だあああっっ！」

しかし、ドドンガの火の包丁はルッツには届かない。ドドンガは懸命に槍の間合いに踏み込もうとするが、ルッツの流れるような攻撃に押し戻されていく。

「見せてくれます！　槍の騎士の連撃だあああっっ！　神速《しんそく》の槍が燃える包丁を押し流すうぅうっっ！」

「玄人《くろうと》好みの展開に観客は大興奮！　上下の突きからドドンガは追い詰められています。ここからの逆転はあるのでしょうか！」

ルッツはドドンガの足元を中心に突きを放ちながら、突撃するドドンガを押し返し変化を付けて翻弄《ほんろう》している。やっぱりルッツって強かったんだな。彼はドドンガを完封していた。

ルッツの地味ながらも堅実な戦いに、ドドンガは壁際に追い込まれていく。

そして、突きから変化したルッツの横薙ぎの槍がドドンガの足を捕らえた。

「終わったな！」

「ストライクランス！」

俺のつぶやきと同時に放たれたルッツのストライクランスが、倒れたドドンガの胸に吸い込まれていった。ルッツの冷静な一撃でドドンガはアリーナの場外に飛ばされる。

ドドンガが弱かったわけじゃない。ルッツが強かっただけだな。俺はルッツに称賛の拍手を贈った。

「いやー、ルッツ選手は一ミリの隙もありませんでしたね。槍の手本と言って良いでしょう。ドドンガ選手も頑張りましたね！」

「ですね！　次は我らがナイトの王！　キングナイト・エドワード様の登場！　対するは、これまたキング！　デブの中のデブ！　デブキング・デニン現る！　キング対キング！　頂上決戦の行方《ゆくえ》はいかにいいいいっ！」

オリハルコンで身を固めたエドワードは赤いマントを翻し、オリハルコンの剣を持って威風堂々《いふうどうどう》とバトルアリーナの中央に進む。

対するデニンも丸々とした巨体をピンクゴーレムの装備で固め、両手のナックルガードを叩き合わせながら異様な圧力を放って現れた。

「デニン選手は重撃拳闘士のランク2、エドワード選手はキングナイトのランク1、これが試合のカギを握るのかもしれませんね」

「確かに！　それとデニン選手の体にますます脂が乗っているのが、私、気になります！　さあ、バトルアリーナ！　ゴオオオオオオッッ！」

両者とも一気にバトルアリーナの中央に猛ダッシュ。接近戦が得意な二人だ。先に仕掛けたのはエドワードだった。オリハルコンの剣が輝きながらデニンの首筋に迫る。

デニンが身を屈めた瞬間、俺は驚愕のあまり立ち上がってしまった。

デニンが空を舞っていた！

「こ、これはあああああっっ！　デブが宙を舞っている。華麗に！　優雅に！　軽やかに！　飛べる豚は豚なのかああああああっっ!?　デブキング、空を飛び、そして星になるううぅぅっっ！」

「重ければ重いほど加速するデブキングの超必殺、ハイプレスプレッシャーだああああっっ！」

バトルアリーナの頂点まで飛び上がったデニンはエドワードに空中から強襲をかけた。頂上からの重爆で一気に勝負を決める気か！

ピンクのオーラをまとってデニンは急降下していく。

空を見上げたエドワードの持つオリハルコンの剣が黄金の光を集め始めた。

「キングナイトの剣が光をまとううううっっ！　これは大技、ヴィクトリーロード！　この道をずっと行けば勝利への道に続いているううぅぅ！　勝利の栄光はどちらの王に輝くのかああっっ！」

急降下するピンクの肉の塊と迎え撃つ王者の剣が激突し、圧倒的な光がバトルアリーナを埋め尽くす。轟音と衝撃で会場が騒然とする中、静寂が訪れた。

そして、バトルアリーナから二人の王は消えていた……。

バトルアリーナの場外にエドワードとデニンが気絶して転がっている。

「こ、これは……、両者相打ちだあああああっっ！　二人の王の決着はまさかの引き分けだああっっ！」

「デニン選手のジョブランクが一つ上なのと体重が増えた分、エドワード選手と相討ちまでいきましたね。キング対キングは決着つかず！　再戦を期待しましょう！」

バトルは刹那《せつな》の攻防で勝負が決まる。

スキル攻撃は必殺だが、撃ち終わりに隙ができるから、デニンのように初撃にスキル攻撃を放つにも勇気がいるんだ。そして、デニンのスキル攻撃を逃げることなく迎え撃ったエドワードは堂々としていた。

回復したデニンとエドワードに観客から拍手が送られる。俺も素直に二人に拍手を送った。一瞬だがいい戦いだったな。他人の戦いを外から見るのは楽しいぜ。

俺の試合は一番最後だ。

俺は白熱する観客席で観戦しながら静かに戦意を高めていた！

第27話　白熱！　バトルアリーナ！（後編）

実技試験の昼休み中、俺はルッツと寮の食堂の指定席で昼飯を食べていた。

「ルッツは余裕だったな」

「そんなことないですよ。でも勝てて安心しました。フィリス様とエドワード様の間の試合だったので緊張しましたけどね」

王子や他国の身分の高い生徒は最初の方に戦って貴賓席に移動するのが、学園の暗黙の了解なんだ。王子と皇女の間の試合の間隔を一つ空けたのも、学園の配慮だそうだ。

「王子と皇女の試合だもんな。あのフィリスの誘爆には驚いたな」

「誘爆は回避できませんからね。僕はデニンさんが飛び上がったのにびっくりしました。あの巨体が宙を舞うなんて……。ハイプレスプレッシャーって恐ろしい技ですね」

「あんな派手な攻撃はかわされたら終わりだろ。でも、結局、番狂わせはデニンだけだったな」

実技試験の前半はSクラスがE、Fクラスと戦う。学園は実力差を知るためと言いながら、E、Fクラスを噛ませ犬にしているんだ。

そのやり方に俺は納得できないのだが、Sクラスが負けるのを許さない風潮があるのも確かなんだよな。まあ、Sクラスは王国の王子、上級貴族と皇女や他国の王族、貴族で構成されているから政治的な配慮もあるんだろう。

「確かに装備の差がありますから引き分けは負けと同じですよね」

「Sクラスはオリハルコン装備の生徒が多いからな。装備を同じにして戦わないと実技試験の意味がないと思うんだが……」

「それは仕方ないよ」

急に声がして俺ははっと横を見ると、生徒会長が重そうな鞄を持って近づいてきた。

「なんの用ですか？　報告書も進言書も嫌と言うほど書いたはずだけど？」

この実技試験まで俺たちはシスティナが次々と持ってくる書類を書き写し、その内容を暗記させられた。お蔭で、碌《ろく》に寝てないし、ちょっと記憶が飛んでたりする。もう、思い出したくもない四日間だった。

「今日の最後の試合を君にしたのは、我々生徒会なんだよ。その試合で君にこの装備を着てほしい」

会長の持つ鞄の中はミスリルの装備だった。ただ、装備の表面が黒に近い赤色で塗装されている。

「禍々しい色の装備を着ろと？　それに黒のマントに金色で『魔王』の文字が入っていますよね？」

「ああ、それを着て観客席から登場してくれ。あと、君たちの試合には賭けが許可されているから盛り上げてくれると助かる」

「賭けって聞いてないんですけど？」

「今、発表した。サプライズイベントだよ。魔王が復活するって噂が変に広がって皆怯えているから、なんとかしようと思って茶化してみたんだ。それにセシリア様がマントの刺繍をしてくれたんだよ」

絶対に会長は面白がっているだけだろ。それに、俺が魔王と呼ばれているのをセシリアは怒っていたから、こんな刺繍を付けるはずがないし。

会長はセシリアを言い包《くる》めたんだと思う。システィナも協力したかもしれないな。とはいえ、セシリアが頑張って用意してくれたマントだ。着ないわけにはいかない。

俺は殺意を込めて会長を睨んだが、会長は動じなかった。

「着ればいいんだろ。この悪魔め！」

「それは我が一族にとって褒め言葉だよ。君の称賛をありがたく受け取ろう」

「チッ、褒めてませんよ！　会長はどっちに賭けたんですか？」

「俺かい？　全額、君が勝つ方に決まっているだろ。あと、カイン君にはこのことを伝えていないのでよろしく」

「あんた、いい性格してるよ！」

会長はニヤリと笑い、机の上に手紙を置いて食堂から去って行った。会長の本当の目的はわからないけど、こんな派手な装備を着て負けたら恥ずかしい。宰相家の一族は人を煽るのと追い込むのが上手いよな。

俺は会長からの手紙を一読して、ルッツに手渡した。ルッツの顔が驚愕に染まる。

「待機場所と、これは騎士団の機密ですね……」

「まあ、重要な機密でもないけどな。さらっと最後に手紙で置いていくあたりが、システィナの従兄だけあるな。さて、待機場所に行くか！」

待機場所は貴賓席の対面の観客席にある小さな部屋だった。部屋のドアの向こうにバトルアリーナに続く階段がある。部屋の中で着替えた俺を見て会長はニヤニヤと笑っていやがる。

実技試験はハイテンションでサクサク進み、生徒たちが赤と青の賭け札を持って俺とカインの試合をワクワクしながら待っているのがドアの小窓からわかる。俺の見た感じ会長のサプライズイベントは成功しているな。

「さあ、最後のバトルアリーナは、戦斧《せんぷ》の勇者、カイン・ラッセルの登場だ！　巨大なバトルアクスと冷徹《れいてつ》なモノクルが光る！　知勇兼備のアクスナイト参上！」

バトルアリーナの中央にカインが進み出る。ミスリルの斧と防具を装備し、今日はマントを羽織っていないみたいだ。代わりに、カインはいつもと違う変な片眼鏡を付けているな。

「対するは魔王ジャック・スノウ！　スライムを従え、学園を恐怖に陥れる魔王の登場だ！　ラッセル対スノウの歴史的な一戦は！　え？　ジャック選手が控室にいない？　少しお待ちください」

「さあ、君の出番だ。派手に登場したまえ」

会長がドアを開けて、生徒会の連中がスモークのアイテムを観客席に転がした。俺は顔をしかめながら、ドアの外に足を踏み出した。

「おおおっ！　観客席に異変が！　こ、これはスモークの中から魔王の登場だあああっっ！」

「翻ったマントに魔王の文字！　見せてくれますジャック・スノウ！　会場の空気を支配して、今、バトルアリーナに降臨！」

普段は俺を怖がっている生徒たちが大興奮で魔王の名を連呼して盛り上がっていた。俺がバトルアリーナの中央に進むとカインが怒りを露わに俺を睨みつけてくる。

俺はカインの怒りの視線を受け流し、片眼鏡を鑑定しておく。どう見ても怪しいからな。


＝＝＝＝＝＝＝＝＝＝＝＝＝＝＝＝＝＝＝＝＝＝＝＝＝＝＝＝＝＝

【アイテム名】　接敵《せってき》のモノクル

【説明】　装備者に一番近い敵だけ透明、迷彩状態を無効化する効果。

＝＝＝＝＝＝＝＝＝＝＝＝＝＝＝＝＝＝＝＝＝＝＝＝＝＝＝＝＝＝

これがカインの自信の源か。

透明人間は、無音、無臭、無熱で気配すら消し、魔法を無効化する。姿の見えない暗殺者にして魔法使いキラー。弱点は、発動時に物理防御が弱くなることだけ。

ただ、透明人間に対抗するカウンタースキルはいくつか存在している。

スキル「魔眼」「精霊眼」「観察眼」で透明人間は丸見えになる。

他には、一瞬だけ透明や迷彩状態を見破る「看破」やスキルをキャンセルする攻撃も透明人間へのカウンターになるだろう。

カインはいつも着けているアクセサリー装備のマントを着ていない。接敵のモノクルはアクセサリー装備だろうな。この手のアクセサリー装備は非常に高価だ。カインは俺のために大金を使って用意したのか……。

カインが静かな声で俺を挑発する。

「派手な登場で俺を揺さぶる気か？　だがな、俺は絶対にスノウには負けない。場外に叩き出してやるから覚悟しろ」

「お前の斧は俺に届かないと思うがな。スラッシュで切り刻んでやるよ」

「ふん、俺に勝てると思っているのか？　まあいい。すぐに終わらせてやる」

互いに背を向け、バトルアリーナの端に向かう。

あのモノクルで俺に勝てると思っているカインの過信を砕いてやるよ。さあ、戦闘開始だ！

「バトルアリーナ！　ゴオオオオオッッ！」

開始と同時に俺は前に飛び出し、カインとの間にスライムを召喚した。

というのも、接敵のモノクルは一番近い敵だけしか見破れない。さあ、まずは俺の相棒と戦ってもらおうか。

その隙に俺は、透明人間になって距離を取る。

カインのバトルアクスを振りかぶると、高速機動のスライムが回避する。

俺は剣を抜かずに叫んだ。

「スラッシュ」

「チッ、甲鉄の咆哮」

俺のハッタリのスラッシュに騙されたカインが甲鉄の咆哮を発動した。

三分間の無敵モードになったカインは、俺のスラッシュが声だけだったと気付いて怒りで顔が真っ赤になっている。カインは先にスライムを片付けようとバトルアクスを振るうが、回避に徹したスライムには当たらない。

とはいえ三分もあればカインの斧はスライムを仕留めてしまうかもしれない。そこで俺は、カインの背中に無詠唱でスラッシュを放った。

「なっ、どこからっ」

無敵モードのカインにはもちろん効かないが、動揺させることくらいはできるはずだ。

ちなみにカインは、俺が「モノマネ師」を持っていることを知らない。モノマネ師のスキル「無詠唱」と「透明人間」の組み合わせは凶悪なはずだ。

それにモノマネ師の「上級鑑定」で、モノクルの能力も丸裸である。敵の作戦を知っていれば対策なんていくらでも取れるんだよ。

俺のスラッシュでカインが硬直し、その隙にスライムはぽよんぽよんと跳ね回る。次に、俺は移動しながら、またしてもハッタリの声を放つ。

「スラッシュ」

それに反応してカインの注意がスライムから逸れた。

俺は適当にスライムを援護しながら、無敵モードの時間切れを待つ。

「ちょこまか逃げるな！　スライム風情が！」

そのスライムに振り回されて、カインは斧を床に叩きつけている。外から見れば間抜けに見えるな。会場から笑い声が聞こえ、ますます冷静さを失うカイン。

そして三分間のヒーロータイムは終わりを迎えた。

カインはオーラの輝きを失い、無敵モードから弱体モードに移行する。俺は透明人間を解除して雑魚になったカインに歩み寄る。

「お前のターンは終わりだよ。ここからは俺のターンだ」

「ぐおおおっ、貴様、卑怯だぞ！」

「魔王を倒すには、まずスライムから倒すのが基本だぜ。俺の相棒を見下した時点でお前の負けだ。それに無敵のお前とやり合うほど俺も馬鹿じゃないんでな」

甲鉄の咆哮は、三分間の無敵モードと引き換えに、九十秒間の弱体モードになる。

その間は、スキルも使えず、ステータスは半減、ダメージは倍くらってしまう。そんな弱体したカインに向かって俺はミスリルの剣を振り上げた。

カインは膝を付き、屈辱に体を震わせ、怒りの表情で俺の掲げた剣を見上げている。

「カイン、残念だが俺に勝つには力が足らなかったようだな」

「くそおおおおおおおおっっ！」

「一刀両断！」

俺は体を支えることもできないカインを見下ろしながら、必殺の一撃をくらわせた。カインは絶叫しながら場外に消えていったのである。

貴賓席でぴょんぴょん跳ねて大喜びで大声援を贈ってくれるセシリアと観客席から拍手を贈ってくれるルッツに、俺はガッツポーズで応え、バトルアリーナをあとにしたのだった。

第28話　オークション

実技試験の次の日は、騎士団主催の学園オークションである。

千人は収容できる映画館のような施設に生徒たちが集まっていた。備え付けの座席には背もたれがあり、ゆったりしていて座り心地が最高だ。

俺は通路側の席に座り、その横には水色のセーラー服を着たセシリアがいてすごく可愛い。その隣には黒色のセーラー服を着たシスティナがいて、彼女はきれいだけど、正直言うと邪魔なんだよな。

俺から十列前の席に、クレイとロイドの後ろ姿が見えた。その後ろの列は、ルッツ、ザック、ラルフが占拠していた。三人には、クレイの後ろの席を押さえるように俺から頼んだんだ。

昨日、会長から受け取った手紙は、オークションの出品リストだった。「努力の種」が二番目に出品されることもばっちり書いてある。

努力の種は、努力するほど取得経験値が上昇するという経験値上昇系の種だ。原作では、主人公のクレイはセカンドジョブとして、超強力な「勇者」を持つことになる。勇者を取らせないために経験値上昇系の精霊の種だけは食わせるわけにはいかない。

入り口で配布されたカタログを、セシリアが熱心に見ている。

「この『鋼鉄人間』って強そうだよね。昨日のジャックの『透明人間』もすごかったもん」

「『人間』って名前の付いてる種が強いわけじゃないよ」

「そうなんだ。ＭＰを消費して鋼鉄状態になるのに？」

「通常攻撃が無効になるだけで、スキル攻撃と魔法は有効なんだ。しかも一歩も動けない。まあ、スキルがないモンスターに使えば壁にはなるかな」

「微妙だね。うーん、私は何にしようかな」

セシリアは、悩んで考え込む姿まで愛くるしい。

王族には、オークションに参加して盛り上げる義務があるから、セシリアは欲しい物がないか、必死に探しているみたいだ。

また、他国の留学生も協力していて、フィリスは「賢者の錫杖《しゃくじょう》」を出品している。しかし「これは、第一王子がせり落とすから手を出さないでくれ」と生徒会長が釘を刺してきやがった。

賢者の錫杖を落札して、生徒会長を困らせてやろうか。なんて思ったが、そうさせないために、システィナが俺に張り付いているんだよな。俺って、会長たちに信用されていないのかな。

そんなことを考えながら、セシリアにアドバイスする。

「特殊効果とかない、普通の服がいいと思うよ。それなら、他の生徒にも悪く言われないし」

「そうだね。可愛い服にしよう！　どれがいいかな」

「そろそろ始まるから、俺はちょっと席を外すよ。開始までには戻るから」

「うん。わかった」

再びカタログを覗き込んで返事をするセシリアの向こうで、システィナが不機嫌そうに俺を睨んでくる。「トイレだけどついてくる?」って聞いたら、「さっさと行きなさい」と返された。

俺は一旦会場の外に出ると、スカンクアルファの臭い手袋を装備し、透明人間になってすぐに会場に戻った。そして、ルッツの肩をトントンと叩く。

察したルッツがラルフに声をかける。

「ラルフさん。僕、トイレに行ってきます」

「あー、俺も行くわ。ザックは席を確保しててくれ」

やや大きめの声でラルフが言うと、二人は立ち上がって、わざとらしくクレイたちの前を通り過ぎていく。これでアリバイは成立だ。

二人が会場の外に消えてから、俺はさっそく作戦を実行する。

すぐさまクレイの後ろに忍び込むと、背後から彼の鼻にスカンクアルファの臭い手袋を押し当てた。クレイの意識が落ちたのを確認すると、その横のロイドも同じように沈黙させていく。

ラルフには努力の種が落札されたあとに、気絶した二人を回復させるよう頼んである。

今後、努力の種や友情の種が出てくるたびに、こんな風に妨害しなきゃいけないのも面倒だし、今日ここで、他の種を食べてもらおうか。

俺は再度、会場の外に出てから、自分の席に戻った。すでに席の九割方は埋まっている。どうやら、ほとんどの生徒とその騎士が来ているようだ。

いよいよオークションが始まる。

「本日はご来場いただき、ありがとうございます。ただいまより騎士団主催のオークションを始めます。最初の出品は、42番『衝撃のメイス』です。銀貨一枚からスタートです。ではどうぞ」

ステージの端に立つ生徒会長が司会を務めている。中央の台に、騎士が商品を置くと、入札がスタートした。

「銀貨一枚」

「銀貨五枚」

「銀貨十枚」

「銀貨十五枚」

「銀貨二十枚」

「銀貨二十五枚」

いきなり、入札が白熱していく。「銀貨三十枚」から金貨に変わる。

「金貨一枚」

「金貨十枚」

「金貨十一枚」

「金貨二十一枚」

「金貨二十二枚」

「金貨三十二枚」

誰かはわからないが、十枚ずつ強気で上げていく作戦をしているみたいだな。

「他にありませんか……、なさそうなので、衝撃のメイスは金貨三十二枚で落札です！　控室にて受け取ってください」

係員が落札した大柄な男に札を渡すと、彼は拍手とともに控室に消えていった。

「次は、努力の種です。金貨一枚からどうぞ！」

精霊の種は、騎士団のオークションでは、すでに種を食べてしまった貴族は入札しないことになっている。精霊の種は貴族が独占しがちなためというのが、その理由である。まだ食べていない騎士階級や、平民に譲るのが暗黙のルールになっているのだ。

ちなみにこのオークションは、精霊の種の取得者を増やすために開催されているから、たとえ平民であっても、精霊の加護取得者が落札するとブーイングが起こる。

「金貨五十六枚！」

「他にありませんか……、ありませんね。努力の種は金貨五十六枚で落札です！　壇上で受け取ってください」

努力の種は本来、白金貨級の品であるが、騎士団のオークションのために、半額近くになったようだ。それでも、金貨五十六枚は高いよな。誰が落札者なのかと思ったらエルザベスが落としていた。彼女は精霊の種を食べていなかったのか。

エルザベスは壇上に上がって金貨を支払うと、努力の種を食べた。これは、精霊の種は二つ目を食べたら死ぬので、精霊の加護取得者ではないことを示すための行為である。しかし、ジョブが二つある場合は、二つ目の精霊の加護も取得できるので、あくまでも儀式的な意味合いしかない。

クレイは白い目で見られようが落札するタイプだと俺は思っている。そのクレイたちをラルフが起こしたようだ。クレイは壇上を見て何か喚いているな。

続いて壇上には、フリルとレースで飾られた緑色のエプロンドレスがセットされた。スキルが付いていない魔法の服だな。

「ねね、ジャック。あの服はいいと思う？」

「うん、セシリアに似合うと思うよ」

「そっか、なら、これにしよう！」

入札が開始された瞬間、セシリアは手を上げて可愛く値段を告げた。

「では、他には……、ありませんね。フリルエプロンドレスは銀貨二十六枚で落札です！　壇上で受け取ってください。おっと、セシリア様が落札したようです」

騎士が拍手で迎え、セシリアに服を渡す。政治的な意図もあるんだろうけど、王族の落札に会場からは拍手が湧き起こる。

トントンと階段を下りて、セシリアが戻ってきた。

「おめでとう」

「ありがと。可愛い服だし、王族としての義務も果たせたし、これで安心だよ」

「良かったね。俺はちょっとラルフと話してくる」

エプロンドレスを抱きしめて笑うセシリアに告げてから、俺はラルフの元に向かった。前の席を見ると、クレイが必死にカタログを捲っている。

俺は、わざとらしくラルフに告げた。

「ラルフ、鋼鉄人間の種を落札しろ。白金貨を渡しておくからな」

「はいよ。鋼鉄人間って強ーからなー。絶対落とすぜ！」

「絶対だぞ。鋼鉄人間、間違えるなよ」

「鋼鉄人間だろ。わかってるって」

俺たちの会話にクレイの耳が動き、慌ててカタログを捲って、鋼鉄人間のページを開いている。

芝居臭いセリフだったが、何か落札しようと焦って冷静を失っているクレイは、簡単に罠に簡単にかかってくれたようだ。あとは、ロイドの動き次第だな。

「次は鋼鉄人間の種です。金貨一枚からどうぞ！」

ラルフが「金貨一枚」と叫んだのをきっかけに、クレイが入札の声を上げた。ロイドが止めるのかと思ったが、どうやら二人は連携していないらしい。子爵家に仕えていたロイドなら鋼鉄人間がどんな能力かわかるだろうに。

クレイとラルフ以外に、なぜかデニンも参加したので金額が跳ね上がり、会場は盛り上がった。

「金貨百二枚！」

会場がどよめき、ついにクレイが鋼鉄人間を落札した。

種を受け取ったクレイは壇上で食べず、会場からブーイングが起こる。そして、逃げるように会場の外に飛び出すと、すぐに戻ってきた。

もしやと思い、鑑定で見てみると、精霊の加護に鋼鉄人間と表示されている。金貨百二枚で動けない壁スキルを手に入れたようだ。

これで、あとはロイドが何を落とすかだな。

「……次は『ウサギの種』です。金貨一枚からどうぞ！」

ウサギの種は回避率と逃げ足が速くなる能力で、ロイドが競り落した。ロイドも会場の外で食べたようだ。二人目の暗黙のルール違反に対してすさまじいブーイングだった。

まあ、これで、俺は努力の種と友情の種を気にしなくてよくなったぜ。

ルッツは「コールドランサー」を競り落とし、ラルフは「猫の小判」って変な猫用のアイテムをゲットしたようだ。ちなみに、ルッツ、ラルフ、ザックの三人は実技試験のときに俺に賭けたらしく、資金は潤沢なようだ。あの賭けの勝敗はこのオークションに影響しているのかもしれないな。

俺はセシリアと仲良く会話しながらオークションを楽しんでいた。無言で睨むシスティナがいなかったらもっと楽しいのだが。

そのシスティナが急に俺に注意を促した。

「あなたは参加しないの？　２９番はいいのかしら」

「２９番って、『中二病の眼帯』だよな」

カタログの絵を見ると、魔法陣が描かれた黒い眼帯だった。魔法の品だな。

「はあ、のんびりしているから変だと思ったわ。その下、よく見て見なさいよ」

「その下って説明文？　……『中二病の眼帯』は見えないモノを見られる魔法のアクセサリー!?」

異世界に中二病はないだろうに、なんでこんなアイテムがあるんだよ。ゲームでこのアイテムはなかったと思うが。

ああっ！　アニメのジャックの装備だ。商人に騙されて買って、一話で壊れていたやつ！

「もっと早く教えてくれ、システィナ」

「カタログくらい自分で調べなさいよ」

「まあ、こんな痛い眼帯を競り落とすやつはいないだろうな」

「だといいのだけれど」

と、俺とシスティナが会話していると、競りがスタートした。

「次は、中二病の眼帯です。銀貨一枚からどうぞ」

俺が銀貨一枚と叫ぼうとした瞬間、男の大声が遮《さえぎ》った。

「銀貨一枚」

カインだ。

「銀貨五枚」

今度はフィリスの声のような気がするんだが。

「銀貨十枚」

「銀貨二十枚」

「金貨一枚」

「金貨二十枚」

「金貨百枚」

おいおい、カインとフィリスが交互に入札金額を叫んでいく。

あっと言う間に白金貨の領域まで到達した。お前ら俺の透明人間対策のためだけに白金貨まで積む気かよ。

「金貨二百六枚！」

カインが決死の声で金額を叫び、フィリスが諦めたようだ。

「他には……、ないようなので、中二病の眼帯は金貨二百四十六枚で落札です！　控室で受け取ってください」

俺が固まっている間にカインが競り落として、控室に消えていく。その後ろ姿を悔しそうにフィリスが睨んでいた。俺は中二病の眼帯を落札したカインの姿に、ラッセル家の執念を見た気がした。

そのあと、放心した俺はセシリアのすすめで効果のわからない「スライムの紋章」を銀貨一枚で落札したのだった。

第２９話　戸惑い×混乱×ライバル⁉

オークションの次の日から、学園の授業が始まる。地下十一階と魔王の存在が明らかになったことで学園はまだ混乱しており、午後の授業は自習らしい。

俺が教室に入ると、今まで怯えか嫌悪の表情しか見せなかった同級生たちが普通の顔のままである。中には挨拶してくれる人もいて、俺は心の中で歓喜の涙を流しながら「おはよう」と返した。

実技試験のときに、魔王になって盛り上げたのが効いたのかもしれない。だとしたら生徒会長には感謝だな。これまでの俺を避けるような妙な雰囲気が消えたような感じがする。

「ジャック様。宿題があるのでプリントを置いときますね」

「ああ、ありがとう」

俺を避けていた委員長が、宿題を直接手渡してくれた。ここまで普通に接してくれると逆に戸惑ってしまうな。

周囲の態度が急に変わったことを不気味に思うのは、俺の心が荒《すさ》んでいる証拠だ。素直に喜ぼう。

自分の席に座り、俺は考え込んでいた。オークションで落札した「スライムの紋章」についてだ。

この紋章はゲームには出てこない。スライムナイツシールドもガルハンには登場しないんだよな。

そもそも、ガルハンのキャラにスライムナイツがいないのだから当然なんだけどね。

＝＝
【アイテム名】　スライムの紋章
【説明】　持っていると良いことがあるエンブレム
＝＝

スライムの紋章を鑑定してみたんだけど、情報はこれだけだった。

一応、俺のミスリルアーマーに付けてみた。エンブレムの効果で何かが起きた気配はない。

ところでさっきからカインの様子がおかしい。

いつも取り巻きに囲まれて笑っているのに、今日に限って椅子に座ったまま無言でいる。こっちに来るなとバリアを張っているようで、取り巻きがビビッて近寄れないみたいだ。

カインは、中二病の眼帯を装備しているのもあって、異様な威圧感をまき散らしている。だから、クラスの雰囲気が微妙に静かなのかもしれない。

あとは……、そういえば、ルッツが来ていないな。どうしたんだろう。

ルッツは授業のギリギリに教室に駆け込んできた。

授業中、カインは俺を見ようともしなかった。透明人間に対抗するアイテムを手に入れたのだから、再戦を挑んでくるのかと思ったが違ったみたいだ。

授業が終わると、ルッツが慌ただしく俺を廊下に誘い出し、Ｆクラスの教室の前に連れていかれた。

「廊下を歩きながら、Ｆクラスを見てみてください。理由はあとで話します」

「わかった、中をさり気なく覗けばいいんだな？」

「はい。普通に通り過ぎる感じ」

俺はルッツと会話する振りをして、Ｆクラスの前を通り過ぎた。

「どうですか？」

「アンリとアレンが、クレイと話してたな」

そういえば、アンリとアレンを久しぶりに見たな。二人はＦクラスでも嫌われていると聞いたが、クレイとは仲が良いのか。ちょっと意外だったけど、クラスメイトなら会話くらいするよな。

「あの三人は犬猿の仲だったらしいですけど、オークションのあとから、急接近したようです。友達の友達の情報ですから当てにはできませんが」

「あの三人って、寮は別々だよな？」

「ええ、ですから僕も気になって。その……、ジャック様にはこう言うのも変なのですが、評判の悪い三人だったので」

「そうか。ルッツ、調べてくれてありがとな。助かるよ」

やっぱり持つべきものは助けてくれる親友だな。あの三人の動きは気にはなるけど、今のところ、情報が少なすぎて対策を立てようがないな。俺はルッツに感謝しながら自分の教室に戻った。

二時間目もカインの様子はおかしいままで、クラスの雰囲気は最悪だった。良くも悪くもクラスの中心人物であるカインが不機嫌全開モードなのだから仕方がない。俺は毎日のようにカインの敵意を浴びていたから、気が楽になったものの、変な違和感があるのだった。

授業が終わってルッツと二人で昼食を済ませ、グラウンドに向かう。学園の施設が使えなくなったから、全クラスがグラウンドに集合になったんだ。

「はあ、何か疲れましたね」

「ああ、環境が良くなって気疲れするなんておかしな話だけど……」

「調子が狂いますよね」

「だな。今日は俺、河川でスライムを狩りたいと思ってたんだが、ルッツはどうする？」

「僕も一緒に行きますよ。セシリア様とシスティナ様は王宮でしたよね」

システィナの手伝いをセシリアが請け負ったので、二人は午後から王宮に転移するらしい。セシリアがいなくて寂しいが、システィナがいないと解放感がある。でも、なんか今日は変な日だな。

「来週から合宿ですよね。それまでに王宮は落ち着くのでしょうか？」

「さあな。宰相は頑張っているみたいだけど、相手が俺の父親とかだからな。簡単に片付く問題でもないから俺にもわからない」

「ですよね……。ん？　ジャック様、あれって」

ルッツが指差した方向を見ると、エドワードとカインがいるのは普通なんだけど、フィリスとエルザベスまで集まっていた。妙な取り合わせだな。

ラルフとザックが俺たちを見つけて駆け寄ってきた。ラルフが相変わらずの気軽さで尋ねてくる。

「今日は河川だったよな。久しぶりにやりあえるな。まっ、相手はスライムだけどさ」

「おい、油断するなよ。ところで聞いておきたいんだけどさ、ラルフはあの四人が集まっている理由はわかるか？」

そう言って、エドワードたちの集団を顎でしゃくるように示す。

「あの四人？　知らねーな。気になったけど、俺、あの皇女さん、昔から苦手なんだよ」

「それでよく仕えてたな……」

俺がため息をついていると、エドワードのほうからこっちに向かってきた。他の三人も彼の後ろに付いてくる。俺に用があるみたいだ。

オリハルコンで身を固めたエドワードは赤いマントを翻し、剣を佩《は》いて威風堂々と俺の前に立った。精悍な顔のイケメン金髪王子様をこんなに近くで見たのは初めてだ。王者のオーラをまき散らし、俺たちを見る青い瞳が鋭く光る。

「ジャック・スノウであったな。かしこまらなくても良い。学園は身分を問わないのだろう？」

「エドワード様のご厚意に感謝します。私にご用でしょうか？」

「うむ、ジャックにルッツ。実技試験の戦いは見事だった」

「「はっ！」」

おいおい、カインの前で俺を褒めてもいいのかよ。俺はかしこまりながらカインをチラッと見たが気にしている様子でもない。

「まだまだ、この世に俺より強い者がいると思い知らされた。お前たちとも一度は戦ってみたいものだ」

「「はっ！」」

いやいや、王子様から宣戦布告とか勘弁してほしい。クレイのパーティメンバーでなければ関わりたくない相手だ。無難にかしこまりつつ、この状況を整理したいのだが俺の頭が追い付かない。

ルッツは俺の横で緊張のあまり硬直している。

今度は、ツインドリルを揺らしながらフィリスがラルフに指を突きつけた。

「よく考えたら私の敵はあんたじゃない！　ラルフのくせに守護騎士の称号なんて生意気よ！」

「おいおい、もう済んだ話じゃねーかよ。てか、まだ怒ってたの⁉」

「はあ？　許したとでも思っているの？　一度、皇族に対する礼を私が教えてあげるわ！」

「もう俺、帝国の騎士じゃねーし。それに陛下も笑って許してくれてたじゃねーか」

「お父様に気に入られていただけでしょう！」

フィリスの言う通りなんだが、ラルフの追放処分は重すぎたと思う。ラルフほどの騎士を手放したのはフィリスの失敗なんだけどな。

ここで唐突に、カインが話しかけてきた。

「実技試験は俺の完敗だ」

メガネからモノクル、そして眼帯と、三日間でイメージチェンジしまくったカインが変なことを言ってきた。俺の聞き間違いかな。プライドの高いカインが、敗北を認めるなど有り得ない。

「まあ、お互い頑張ったよな。結果がどうあれ……」

「俺の負けを認めた上で、お前に頼みがある。俺はお前に絶対に勝てると確信したときに再戦を挑む。そのときには俺の挑戦を受けてほしい」

あ、あれ？　俺はカインの敵からライバルに昇格したみたいだな。まさか、これが戦いで生まれる男の友情というやつなのだろうか。カインは俺に頭を下げて頼んでいる。もう、何がどうなっているのか俺には全く理解できないんだが……。

「……戦いを挑まれたら受けて立つけど……」

「そうか。それを聞いて安心した」

「えっと、質問があるんだが、エルザベスとフィリス様と一緒なのは？」

「彼女たちとパーティを組むことになった」

「そうよ。強い人と最適なパーティを組むのも学園のルールよ。ジャックさん、召喚獣を持つ者としてお互いに頑張りましょう」

俺とカインに割って入ってきたのは、血の色の魔術師のローブととんがり帽子を被ったエルザベスだった。いつの間にかエルザベスは俺に対抗心を燃やしているようだ。

俺はエルザベスの戦意を受け流し、ゆっくりと頷いて言葉を返した。

「ああ、お互い頑張ろう」

「では、パーティを申請しに行くか。またな」

エドワードの声で四人はSクラスの先生のところに向かっていった。

パーティの申請って四人だけなのか。クレイはどうなったんだ？　俺はエドワードたちを愕然と見送り、混乱する頭を抱え込んだのだった。

第30話　終わりの始まり！

落ち着け、考えろ。まずは状況の整理をしよう。

まず、第二王子エドワードは新パーティを作って、俺たちをライバル視している。といっても、これは敵意ではないから問題はないな。

次にクレイが、カインとエドワードのパーティから外された。原作でクレイは、エドワードとカインに見限られたら騎士にも見放されるので、ほぼバッドエンド確定になる。

厳密に言えば、バッドエンドの条件は次の三つである。

実技試験に二回連続で負けること。仲間の友情度かヒロインたちの好感度が0になること。敵との戦闘に負けること。

一応クレイは、まだこれらの条件を満たしてはいない。

ちょっと展開がわからなくなってきたので、ラルフに探ってもらうことにする。

「ラルフはクレイとロイドの様子を探ってくれ」

「了解と言いたいけど、俺が見に行くまでもなさそーだな」

Fクラスの集合場所で、さっきからクレイが騒いでいた。いつの間にか、その騒ぎを見に行っていたルッツが戻ってきて俺に報告する。

「アレン様とアンリ様が、クレイさんとパーティを組んだらしいです」

「でもなんで騒いでるんだ？」

「クレイさんの騎士が全財産を奪って逃げたらしいですね。騎士のアイテムボックスに装備以外全部入れていたんだとか。それで先生になんとかしろって怒っていますけど、騎士は学園とは関係ないからと先生に言われていました」

「まあ、騎士と契約したのは本人だしな」

「でもさー装備以外全部ってひでーな」

エドワードたちに見放されたクレイが組んだ相手は、アンリとアレン。ロイドを始末しようと血眼《ちまなこ》になって探している二人である。これでは、パーティを組めないだろう。

エドワードとカインに見放され、騎士のロイドに逃げられた。これでクレイのバッドエンドは確定だろうな。

それにしても、こんな早々にクレイのバッドエンドが決まるとは思いもしなかった。ゲームでは次の実技試験まではバッドエンドは起こらないからな。

もしかして、昨日のオークションか……。ゲームではクレイは友情の種を食べているのだから、オークションのルールを破ることもない。でも、現実ではクレイはオークションのルールを破ったから、学園で白い目で見られている。

恐らくあの行動で仲間の友情度やヒロインたちの好感度を0にしたのだろう。もしかしたら、クレイが友情の種を食べたという嘘が、昨日のオークションでバレたという可能性もあるな。

まあ、クレイがバッドエンドになったからといっても死ぬわけではない。

クレイのことはさておき、王国はこれから試練のときを迎え、魔王の配下たちが蠢動《しゅんどう》し、モンスターの異変が各地で起こる。これは原作で知っていた。

次の実技試験までに重要なイベントがいくつかある。

特に対魔王用に必要なイベントを起こしておかないとマズい。仮に魔王の復活があるのだとしたら、封印の書だけではなく他にも対魔王用のアイテムが必要になるはずだ。

そのためには俺が主人公の代わりにイベントをクリアしていくしかない。ヒロイン一人とラルフがいればイベント発生条件は達成できる。システィナは王国のためなら協力してくれるだろう。

これからはセシリアを守るため、そして王国を守るための戦いが始まる。

兄弟と母親、王妃にネルバ、王位争いと他にも敵は多いが、今の俺には原作と違い頼もしい仲間たちがいる。彼らと共にいれば、恐れるものは何もない。

「ルッツ。王国はこれから試練のときを迎えるだろう。俺と一緒に戦ってほしい」

「よくわかりませんが……、僕はジャック様の親友です。これからも一緒に戦いますよ」

持つべきは信頼のおける親友だ。ルッツが手に持っているコールドランサーが頼もしい。

「ありがとう。ラルフ、これからも俺の騎士でいてくれ」

「ど、どうしたんだよ。き、急に変なこと言うなよな。俺はジャックの騎士だぜ。任せとけって」

照れながらも、ラルフはドーンと胸を叩いた。

「よろしく頼む。ザック、俺たちをその盾で守ってほしい」

ザックは無言で大地の盾を持ち上げガッツポーズした。

俺は仲間と共に「最高の騎士《ナイト》」となって戦う。

そのためには――。

「みんな、これから目的地を大地の丘に変更する。敵は強いが覚悟はいいか？」

三人が頷き、頼もしい仲間と共に俺は戦場へと転移したのであった。

◆◇◆

「人間界に『魔王』を名乗る馬鹿がいるだと？　ふざけやがって！　人族ごときが魔王様の名を騙《かた》るなど千年早いわ！」

「……魔王様が勇者どもに封印されて二千年。我ら魔族の数は年々減り続け、もはや昔日《せきじつ》の勢いもなし。今は力を蓄えるときである。我慢しろ」

とある森の中で、四人の魔族が会議を開く。大戦で生き残った彼らはつまらぬ意見を言い合い、無駄なときを費やしていた。

「ふん、貴様がそう言うから我慢していたのだ。その結果がこれだ！　二千年前大陸を席巻した魔王軍はどこに行った？　今や臆病風に吹かれて隠れ棲むだけではないか！」

「この大陸は魔王様のもの。たかが人族が魔王を名乗るとは許せぬ！」

「もう日和見《ひよりみ》の奴らに愛想が尽きた！　我らが本気になれば人族を蹂躙《じゅうりん》するなど簡単なこと。貴様、まさか魔王四天王のクセに人族ごときに臆しておるのではないな？」

「馬鹿な！　俺は無謀な戦いはやめろと言っておるだけだ！　今は魔王様の復活を待つのだ！」

「はん！　そのセリフは聞き飽いたわ！　俺が人族どもを恐怖のどん底に突き落としてやる！」

そう言い捨てると、ねじ曲がった二つの角と巨大な銀の羽根を持つデーモンが立ち上がった。

その昔、その硬さゆえに「鉄壁」と恐れられた魔王の四天王の一人、ミュンヘラである。

彼が腕を振るうと、大木が轟音を立てて崩れ落ちた。

「魔王四天王の一人、鉄壁のミュンヘラが出陣《で》る！　偽魔王よ、覚悟するがいい！」

空に向かって大きく吠えると、ミュンヘラは銀の翼を大きく広げて闇夜に舞い上がって消え去った。

2016年3月より
とあるおっさんのVRMMO活動記
PCオンラインゲーム
絶賛サービス中!
ワンモア・フリーライフ・オンライン
とあるおっさんのオンライン活動記
生産あり
バトルあり!
素材1
素材2
拡張素材
閉じる
決定
冒険 Quest
生産 Craft
編成 Party
装備 Equipment
酒場 Bar
チャット OFF
キャラクター固有のスキルを自由に組み合わせ、
自分だけのコンビネーションを繰り出そう!
詳しくは http://omf-game.alphapolis.co.jp/ へアクセス!
©2000-2016 AlphaPolis Co.,Ltd. All Rights Reserved.

Re:Monster
ゲームアプリ解放中《リリース》!!
35万
ダウンロード
突破!
※2016年3月31日時点
App Store無料
ランキング(ゲームカテゴリ)
2位!
※2016年2月25日時点
Google Play™国内アプリ
新着無料ランキング
3位!
※2016年2月26日時点
喰えば喰うほど強くなるRPG!
Re:Monster
リ・モンスター
～ゴブリン転生記～
書き下ろし
マンガも
公開中じゃよ
詳しくは
http://remonster.jp/
にアクセス!
©2000-2016 AlphaPolis Co.,Ltd. All Rights Reserved.
【Android】Google Play
【iOS】App Store
で提供予定。
携帯サイトはこちらから!

シリーズ
16.5万部
突破!
大人気小説「Bグループの少年」
ゲームアプリで
タップバトルRPG
登場!!
B少タップ!
～Bグループの少年激闘編～
タップするだけ
簡単操作!
【Android】Google Play
【iOS】App Store
で好評配信中!
世界制覇を目指し、
タップ連打で敵を蹴散らせ!
©2000-2016 AlphaPolis Co.,Ltd. All Rights Reserved.

ネットで話題沸騰！
アルファポリスWeb漫画
面白い漫画が毎週読める!!
ALPHAPOLIS
アルファポリス COMICS
ゲート GATE
自衛隊　彼の地にて、斯く戦えり
原作：柳内たくみ
Yanai Takumi
漫画：竿尾悟
Sao Satoru
THE ザ・ニュー ゲート NEW GATE
原作：風波しのぎ
漫画：三輪ヨシユキ
月が導く異世界道中
Tsukigа Michibiku Isekai Douchuu
原作：あずみ圭
漫画：木野コトラ
原作　幾威空
漫画　たくま朋正
黒の創造召喚師
The Black Create Summoner
原作：永島ひろあき
漫画：くろの
さようなら竜生、こんにちは人生
GOOD BYE, DRAGON LIFE.
人気連載陣
●転生しちゃったよ（いや、ごめん）
●異世界転生騒動記
●ワールド・カスタマイズ・クリエーター
●地方騎士ハンスの受難
●物語の中の人
●強くてニューサーガ
●スピリット・マイグレーション
and more...
原作　椎名ほわほわ
漫画　六堂秀哉
とあるおっさんのVRMMO活動記
原作：金斬児狐
漫画：小早川ハルヨシ
Re:MONSTER リ・モンスター
選りすぐりのWeb漫画が無料で読み放題！
今すぐアクセス！
アルファポリス 漫画
検索
アルファポリスアプリ
スマホでも漫画が読める！
App Store/Google play でダウンロード！

木田《きた》かたつむり
2015年ネット上で「異世界転生で透明人間～俺が最高の騎士になって君を守る!」の連載を開始。一躍人気となり、改稿・改題を経て、2016年4月、同作で出版デビュー。猫とコーヒーが好きで、トマトが天敵。ピザはトマト抜きでお願いします!

イラスト：こちも
http://www.eonet.ne.jp/~kochimo/

本書は、「小説家になろう」（http://syosetu.com/）に掲載されていたものを、改稿・改題のうえ書籍化したものです。

異世界《いせかい》で透明人間《とうめいにんげん》　俺《おれ》が最高《さいこう》の騎士《きし》になって君《きみ》を守《まも》る！

木田かたつむり

2016年 4月 30日初版発行

編集－芦田尚・宮坂剛・太田鉄平
編集長－塙綾子
発行者－梶本雄介
発行所－株式会社アルファポリス
〒150-6005東京都渋谷区恵比寿4-20-3恵比寿ｶﾞｰﾃﾞﾝﾌﾟﾚｲｽﾀﾜｰ5F
TEL 03-6277-1601（営業） 03-6277-1602（編集）
URL http://www.alphapolis.co.jp/
発売元－株式会社星雲社
〒112-0012東京都文京区大塚3-21-10
TEL 03-3947-1021
装丁・本文イラスト－こちも
装丁デザイン－AFTERGLOW
印刷－中央精版印刷株式会社

価格はカバーに表示されてあります。
落丁乱丁の場合はアルファポリスまでご連絡ください。
送料は小社負担でお取り替えします。

ISBN978-4-434-21909-2 C0093